意境探微・上冊

再版前言

這套「中國美學範疇叢書」初版於二〇〇一年，時隔十五年再版，作為編委與作者，依然感到書不盡言，言不盡意。

中國美學範疇，顧名思義，是對中國數千年源遠流長的美學與文藝史理論的概括。範疇這個術語本是從西方哲學引進的。西方所謂範疇是指人類主體對事物普遍本質的認識與把握。它與概念不同，概念一般反映某個具體事物的類屬性，而範疇則是對事物總體本質的認識與把握。中國美學的範疇與西方美學相比，富有體驗性與感知性，善於在審美感興中直擊對象，這種範疇把握，融情感與認識、哲理與意興於一體，正如嚴羽《滄浪詩話》所說「唐人尚意興而理在其中」。中國美學範疇，實際上是中國古代美學與哲學智慧的彰顯，也是藝術精神的呈現。諸如感興、意象、神思、格調、情志、知音等美學範疇，既是對中國美學與文藝活動的總結與概括，也是人們從事藝術批評時的器具。對中國美學範疇的認識與研究，不僅是一種學術研究與認識，而且還是一種體驗與濡染的精神活動。中國美學範疇的生成與闡述，與個體生命的活動息息相關，這種美學範疇在社會形態日漸工具化的今天，其精神價值與藝術價值越發顯得重要。中國當代美學範疇與精神的構建，毫無疑問應當從中國傳統美學範疇中汲取滋養。

這套叢書緣起於一九八七年，當時正是國內人文思潮湧動的時

候，那時我還是在中國人民大學哲學系美學教研室任教的一名年輕副教授。吾師蔡鍾翔教授與中國人民大學中文系的同事成復旺、黃保真教授一起編寫出版了《中國文學理論史》，接著又發起與組織編寫了「中國美學範疇叢書」，歷時十三年，於二〇〇一年由百花洲文藝出版社出版了第一輯，有《美在自然》《文質彬彬》《和：審美理想之維》《興：藝術生命的激活》《原創在氣》《因動成勢》《風骨的意味》《意境探微》《意象範疇的流變》《雄渾與沉鬱》等十本。我承擔了其中的《和：審美理想之維》《興：藝術生命的激活》兩本。

在編寫這套叢書時，蔡老師作為主編，撰寫了總序，確定了基本的編寫思想，對於什麼是中國美學範疇及其特點，作出了闡釋，將其歸納為：一、多義性與模糊性；二、傳承性與變易性；三、通貫性與互滲性；四、直覺性與整體性；五、靈活性與隨意性。這五點是中國美學範疇的特點。強調中國美學範疇的認識與體驗、情感與理性、個體與總體的有機融合。另外，蔡師也強調「中國美學範疇叢書」的編寫與出版，是隨著中國美學的研究深入而催生的。在上個世紀八十年代初的美學熱中，對於中國美學史的興趣成為當時亮麗的風景線，我在當時也開始寫作《六朝美學》一書。而隨著中國美學史研究的深入，人們越來越對中國美學範疇產生了濃厚的興趣，在當時，意象、意境、境界、神思、比興、妙悟等範疇成為人們的談資，時見於論文與著作中，也是文藝學與美學中的熱門話題。正是有鑑於此，彙集這方面的專家與學者，編寫一套專門研究中國美學範疇的高水平叢書的策劃，便應運而生。正如蔡師在全書總序中所說：「『叢書』選題主要是

元範疇和核心範疇，也包括少量重要的衍生範疇，在這些範疇之內涵蓋若干相關的次要範疇。這是對中國傳統美學範疇的一次全面深入的調查，工程是浩大的、艱難的，但確是意義深遠的，它將為中國美學和中國文論的史的研究和體系研究打下堅實的基礎。」

這套書從策劃到編寫，再到出版，歷經十多年，作為撰寫者與助手的我，見證了蔡師的嘔心瀝血，不辭辛勞。比如揚州大學古風教授撰寫的《意境探微》一書，傾注了蔡老師審稿時的大量心血。儘管古教授當時已經在《中國社會科學》《文藝研究》《文學評論》等刊物發表了相關論文，在這方面成果不少，但是蔡老師本著精益求精的方針，反覆與他通信商談書稿的修改，經過多次打磨與修改之後，最後形成了目前出版的書稿。記得那時我和蔡老師都住在人民大學校內，每次我去他家拜訪時，總是見到他在昏黃的檯燈下伏案看稿與改稿，聊天時也是談書稿的事。有時他對作者書稿的質量與修改很是著急與焦慮，我也只好安慰他幾句。

本叢書體現這樣的學術立場與宗旨。這就是：一、追求「究天人之際，通古今之變，成一家之言」的學術旨趣。每本書都以範疇的歷史演變與範疇的結構解析為基本框架，同時，立足於探討中國美學範疇的當代價值與當代轉化。作者在遵循基本體例的同時，又有著鮮明的個性與觀點，彰顯「和而不同」的學術自由精神。二、本著「萬物並育而不相害，道並行而不相悖」的兼容並包之襟懷，融會中西，將中國美學範疇與西方美學與文化相比較，盡量在比較中進行闡釋，避免全盤西化或者唯古是好的偏執態度。

　　值得一提的是，叢書的第一輯出版後，在二〇〇二年五月二十五日，叢書編委會與江西百花洲文藝出版社在中國人民大學中文系舉行了第一輯的出版座談會，當時在京的一些著名學者侯敏澤、葉朗、童慶炳、張少康、陳傳才，以及詹福瑞、韓經太、左東嶺、朱良志、張晶、張方等學者參加了座談會並作了發言，我也有幸與會。學者們充分肯定了這套叢書的出版對於推動中國美學的研究，有著積極的意義，認為這套書具有很高的學術水準。與會者讚揚這套書體現了古今融會、歷史的演變與範疇的解析相貫通的學術特色，同時也提出了中肯的意見。正是在這些鼓勵之下，叢書的編委會與作者經過五年的繼續努力，於二〇〇六年底出版了叢書第二輯的十本，即《美的考索》《志情理：藝術的基元》《正變・通變・新變》《心物感應與情景交融》《神思：藝術的精靈》《大音希聲——妙悟的審美考察》《虛實掩映之間》《清淡美論辨析》《雅論與雅俗之辨》《藝味說》等。第二輯與第一輯相比，內容更加豐富，涉及中國美學與藝術的一些深層範疇，寫法愈加靈動，與藝術創作的結合也更加明顯。顯然，中國美學範疇研究的水平隨著叢書的推進也得到相應的提升。

　　從二〇〇六年叢書第二輯出版至今天，一晃又過去了十年。令人哀傷的是，蔡老師因病於二〇〇九年去世了。原先設想的出版三十本的計劃也終止了。在這十年中，中國美學範疇的研究有了很大的進展，比如將中國美學範疇與中國文化、中國哲學相聯繫的論著問世不少，將中西美學範疇進行比較研究的成果也頗為可觀。但是這套叢書的學術價值歷經時間的考驗，不但沒有過時，相反更顯示出它的內在

價值與水平。時值當下對中國傳統文化與國學的研究與討論的熱潮，這套叢書的實事求是的治學態度，認真負責的撰寫精神，以及浸潤其中的追求人文與學術統一、古今融會、中西交融的學術立場，不追逐浮躁，潛心問學的心志，在當前越發彰顯其意義與價值。在當前研究中國美學的書系中，這套叢書的地位與價值是不可替代的，在今天再版，實在是大有必要。在這十年中，發生了許多變故，叢書的顧問王元化、王運熙先生，副主編陳良運先生，編委黃保真先生，作者郁沅先生等，以及當初關心與幫助過這套叢書的著名學者侯敏澤、童慶炳先生，還有責任編輯朱光甫先生，已經離世，令人傷懷。對於他們的辛勞與幫助，我們將永遠銘記在心。今天，這套叢書的再版，也蘊含著紀念這些先生的意義在內。

　　本次再版，百花洲文藝出版社本著弘揚優秀傳統文化的宗旨，經過與作者協商，在重新校訂與修訂的基礎之上，將原來的叢書出版，個別書目因各種原因，未納入再版系列。相信此次再版，將在原來的基礎之上，提升叢書的水平與質量。至於書中的不足，也有待讀者的批評與指正。

袁濟喜

二〇一六年十二月三十一日

總序

範疇，是對事物、現象的本質聯繫的概括。範疇在認識過程中的作用，正如列寧所指出的，它「是區分過程中的梯級，即認識世界的過程中的梯級，是幫助我們認識和掌握自然現象之網的網上紐結」(《哲學筆記》)。人類的理論思維，如果不憑藉概念、範疇，是無法展開也無從表達的。美學範疇，同哲學範疇一樣，是理論思維的結晶和支點。一部美學史，在一定意義上也可以說是一部美學範疇發展史，新範疇的出現，舊範疇的衰歇，範疇含義的傳承、更新、嬗變，以及範疇體系的形成和演化，構成了美學史的基本內容。

中國傳統美學範疇，由於文化背景的特殊性，呈現出與西方美學範疇迥然不同的面貌，因而在世界美學史上具有獨特的價值。中國現代美學的建設，非常需要吸納融匯古代美學範疇中凝聚的審美認識的精粹。自二十世紀八〇六年代後期以來的十餘年中，美學範疇日益受到我國學界的重視，古代美學和古代文論的研究重心，在史的研究的基礎上，有逐漸向範疇研究和體系研究轉移的趨勢，這意味著學科研究的深化和推進，預計在二十一世紀這種趨勢還會進一步加強。到目前為止，研究美學、文藝學範疇的論文已大量湧現，專著也有多部問世，但嚴格地說，系統研究尚處在起步階段，發展的前景和開拓的空間是十分廣闊的。中國傳統美學範疇的特點是很突出的，根據現有的

研究成果，大致可以歸結為以下幾點：

一、多義性和模糊性。範疇中的大多數，古人從來沒有下過明確的定義或界說，因此，這些範疇就具有多種義項，其內涵和外延都是模糊的。如「境」這個範疇，就有好幾種含義。標榜「神韻」說的王士禎，卻缺乏對「神韻」一詞的任何明晰的解說。不僅對同一範疇不同的論者有不同的理解，同一個論者在不同的場合其用意也不盡相同。一個影響很大、出現頻率很高的範疇，使用者和接受者也只是仗著神而明之的體悟。

二、傳承性和變易性。範疇中的大多數，不限於一家一派，而是從創建以後便一代一代地傳承下去，成為歷代通行的範疇，但於其傳承的同時，範疇的內涵卻發生著歷史性的變化，後人不斷在舊的外殼中注入新義，大凡傳承愈久，變易就愈多，範疇的內涵也就變得十分複雜。如「興」這個範疇，始自孔子，本是屬於功能論的範疇，而後來又補充進「感興」「興會」「興寄」「興托」等含義，則主要成為創作論的範疇了。

三、通貫性和互滲性。古代美學中有相當數量的範疇是帶有通貫性的，即貫通於審美活動的各個環節。如「氣」這個範疇，既屬本體論，又屬創作論；既屬作品論，也屬作家論，又屬批評、鑑賞論。至於各個範疇之間的互滲，如「趣」和「味」的互滲，「清」和「淡」的互滲，包括對立的互轉，如「巧」和「拙」的互轉，「生」和「熟」的互轉，就更加普遍。因而範疇之間千絲萬縷、交叉糾纏的關係，形成一個複雜的網絡。

　　四、直覺性和整體性。許多範疇是直覺思維的產物，其美學內涵究竟是什麼，只可意會，不可言傳。典型的例子如「味」這個範疇，什麼樣的作品是有滋味的，如何賞鑑作品才是品「味」，怎樣才是「辨於味」，「味外味」又何所指等等，都是不可能用言語來指實，只能是一種心領神會的直覺解悟。既然是直覺的，即不經過知性分析的，就必然是整體的把握。如風格論中的許多範疇，何謂「雄渾」，何謂「沖淡」，何謂「沉著痛快」，何謂「優游不迫」，都不可條分縷析。直覺性與模糊性無疑是有不可分割的聯繫的。

　　五、靈活性和隨意性。漢語中存在大量的單音詞，其組合功能極強，一個單音詞和另一個單音詞組合便構成一個新的複音詞。中國古代美學利用組詞的靈活性，創建了許多新的範疇，如「韻」和「氣」組合構成「氣韻」，「韻」和「神」組成「神韻」，「韻」和「味」組成「韻味」，等等。而這種靈活性可以說達到了隨意的程度，一個主幹範疇能繁育滋生出一個龐大的範疇群或範疇系列，舉其極端的例子而言，如「氣」，不僅構成了「氣韻」「氣象」「氣勢」「氣格」「氣味」「氣脈」「氣骨」，還演化成「元氣」「神氣」「逸氣」「奇氣」「清氣」「靜氣」「老氣」「客氣」「孱氣」「傖氣」「山林氣」「官場氣」等等，當然這些衍生的名稱未必都算得上範疇，但確有一部分上升到了範疇的地位。

　　上述這些傳統美學範疇的特點，也就是研究中的難點，要給予傳統美學範疇以現代詮釋，而不是以古釋古，難度是很大的。根本的問題在於古今思維方式的差異。我們現代的思維方式，基本上是採納了西方的思維方式，因此在詮釋中很難找到對應的現代語彙，要將傳統

美學範疇裝進現代邏輯的理論框架，便會感到方枘圓鑿，扞格難通。
中國的傳統思維，經歷了不同於西方的發展道路，即沒有同原始思維
決裂，相反地卻保留了原始思維的若干因素。我們不能同意西方某些
人類學家的論斷，認為中國的傳統思維還停留在原始思維的水平。中
國古人的理論思維在先秦時代已達到很高的水平，所保留的原始思維
的痕跡，有些是合理的，保持了宇宙萬物的整體性和完整性，不以形
式邏輯來切割肢解，是符合辯證法的原理的，在傳統美學範疇中也表
現出這種長處。因此，研究中國美學範疇，必須結合古人的思維方
式，聯繫整個中國傳統文化的大背景來考察，庶幾能作出比較準確、
接近原意的詮釋。範疇研究的深入自然會接觸到體系問題。中國古代
美學家、文論家構築完整的理論體系者極少，但從範疇的整體來看是
否構成了一個統一的體系呢？範疇的層次性是較為明顯的，如有些研
究者區分為元範疇、核心範疇（或主幹範疇）、衍生範疇（或從屬範疇）
等三個或更多的層次。但範疇之有無邏輯體系，研究者尚持有截然不
同的觀點。我們傾向於首肯「潛體系」的說法，即範疇之間存在有機
的聯繫，範疇總體雖然沒有顯在的體系，卻可以探索出潛在的體系。
但要將這種「潛體系」轉化為「顯體系」並非易事，因為這是兩種思
維方式的轉換，轉換實際上是重建。有些研究者梳理整合出了一套範
疇體系，只能是一家之言，是一種先行的試驗。由於對個別範疇還未
研究深透，重建整個中國美學理論體系的條件就沒有完全成熟。於是
我們萌發了一個構想，就是編輯一套「中國美學範疇叢書」，每一種
（或一對）範疇列一專題，寫成一本專著，對其美學內涵作詳盡的現代

詮釋，並盡量收全在其自身發展的不同歷史階段上的代表性用法和代表性闡述，力爭通過歷史的評析揭示各範疇內涵邏輯展開的過程。「叢書」選題主要是元範疇和核心範疇，也包括少量重要的衍生範疇，在這些範疇之內涵蓋若干相關的次要範疇。這是對中國傳統美學範疇的一次全面深入的調查，工程是浩大的、艱難的，但確是意義深遠的，它將為中國美學和中國文論的史的研究和體系研究打下堅實的基礎。

這一工程從一九八七年開始策劃，歷時十三年，得到許多中青年學者的熱烈響應。更有幸的是，在世紀交替之年，獲得江西省新聞出版局和百花洲文藝出版社領導的大力支持，在他們的努力下，「叢書」被列入「十五」國家重點圖書出版規劃，「叢書」共計三十本，預定在四年內分三輯出齊。為此組織了力量較強的編委會，投入了充足的人力、物力、財力，力爭使「叢書」成為精品圖書。我們萬分感佩江西出版部門充分估計「叢書」學術價值的識見和積極為文化建設做貢獻的熱忱。最終的成果也許難以盡愜人意，但我們相信「叢書」的出版，必將在中國美學範疇研究的長途跋涉中留下一串深深的足印。

蔡鍾翔

陳良運

二〇〇一年三月

修訂版
自序

　　本書於二〇〇一年十二月出版，至今已有十五個年頭了。其間，也曾印刷過兩次，發行量也不錯。這次終於盼來了修訂再版的機會，因此向百花洲文藝出版社表示誠摯的感謝！

　　我對於「意境」問題產生興趣是在大學讀書期間，寫作本書的最初想法產生在上世紀八十年代初期，那時學界還沒有研究「意境」的專著出版。隨後就收集資料，研讀思考，撰寫大綱。諸如《意境概論大綱》、《意境美學大綱》和《意境學大綱》等。當時由於教學任務繁重、學術準備不足和畏懼自費出書等原因，一直沒有動筆寫作。等到動筆寫作此書時，學界已有一千五百四十多篇「意境」研究論文發表，並有六部「意境」研究專著出版了。從一方面看，這是好事，可供參考的資料很豐富了；但是從另一方面看，卻又成了難事。能夠挖掘的材料，別人挖掘了；可以寫作的題目，別人也寫了。譬如「意境」是一口水井，現有的水已被別人用了；如再用水，就得往更深處去挖掘，自然難度也就大了。最初的一些寫作構想，大多已被別人搶占了先機，不得不忍痛割愛，另起爐灶。因此，愈到後面，研究的難度和寫作的難度也就愈大。當然，對於有些人來說似乎沒有難度，因為他可以閉目塞聽，無視學界現有的研究成果，只在古人書堆裡找一些資料，就寫成老生常談的文章。但這不是嚴格意義上的學術論著，學術

論著最忌諱重複他人的觀點。因此，這對我來說是一個非常嚴峻的挑戰，本書就是在這樣充滿了挑戰的學術語境裡寫成的。

關於本書的寫作，我為自己制定了「四從五求」的基本原則。「四從」，即從難、從嚴、從高和從深。所謂從難，就是緊緊抓住「意境」研究中的難題，譬如意境的內涵和本質等，攻克難關；所謂從嚴，就是嚴謹治學，不盲從，不媚外，追求自己的學術個性；所謂從高，就是研究的起點要高，視界要高，見識要高；所謂從深，就是對問題開掘要深，論述要有深度。「五求」，即求實、求新、求精、求順和求通。所謂求實，就是資料要翔實，文風要樸實，研究要實事求是；所謂求新，就是要引證新資料（不論是否名人，只要有一言可採，就用。學術乃天下公器，故出以公心，平等待人），使用新方法，解決新問題，提出新觀點；所謂求精，就是資料要精選，論述要精約；所謂求順，就是力求字順、文順和意順，讓人讀之易解，閱而不倦；所謂求通，就是古今變通，中西溝通，全書貫通。總之，在本書的研究和寫作中，要極力規避不良學風和不良文風的影響，合古人之意，集今人之長，立自己之說，力爭站在當代意境研究的前沿觀察，站在當代意境研究的高地發言，撰寫一部真正屬於我自己的、能夠得到學界認可的書。雖然，本書的實際寫作距離這些原則尚遠，但我還是努力地去做了。

本書是由三部分內容構成的。第一部分即第二章，是「意境史」的研究，對於「意境」範疇的形成和發展過程，進行了較為全面和深入的論述，從而把握和整合歷史語境中的「意境」理論。對於學界經

常談論的王昌齡、皎然、司空圖、王夫之和王國維等人，要挖掘新資料，要進行新論證，要提出新觀點；對於被「意境」研究者忽視了的劉勰、普聞、謝榛、陸時雍和梁啟超等人，則要將他們請出台，並指出他們在「意境史」上的傑出成就和獨特貢獻，以引起「意境」研究者們重視。在「意境」發展史上，這十個人物都很重要，一個也不能少。正是由於他們一個接一個的出色表演，才構成了一部多姿多彩的意境發展的歷史大戲！

　　第二部分即第三、四章，是「意境論」的研究，緊緊圍繞著「意境」的內涵和本質等難點問題，進行了多學科、多維度、多層次的闡釋和探討，提出了一系列新觀點和新看法。具體說，首先，在對於「意境內涵泛化現象」進行辨析、清理和淨化的基礎上，分別從符號學、詩學、美學和文化學等四個學科的視野裡，對「意境」內涵作了新觀察、新分析和新闡釋，提出了一系列新觀點。其次，將「意境」本質的難題，分別納入到人與自然、原始與文明、傳統與現代、中國與西方等四個關係的維度中，進行了新思考、新探尋和新論述，提出了一系列新看法。因此，這部分內容用力最多，創新性和精彩點較多，也是我比較滿意的。所以，這部分內容就成為全書的重頭戲。

　　第三部分即第一、五章，是現代「意境」學術史的研究。全書開篇，回顧二十世紀的「意境」研究，比較全面地清點了百年來「意境」研究的主要成果，肯定成績，總結經驗，並指出了存在的問題和困境，明確了進一步研究的出路；全書結尾，對二十一世紀的「意境」研究發展趨勢作了前瞻性的探討，提出了「意境」理論現代化、世界

化和「意境學」建構的新觀點。

總之，與同類著作相比，本書具有三個特點：一是廣泛吸納和評價了百年來的「意境」研究成果，具有總結性；二是古今變通、中西比較的新的理論建構，具有創新性；三是對每一個問題的研究，都力爭做到在前沿上探索、在高地上發言和在創新上立論，具有前瞻性。所以，本書是百年「意境」研究史上一部具有總結性、創新性和前瞻性特點的論著。

十五年過去了，現在再細讀本書，仍然覺得有新鮮感，仍然感到很滿意。也許這就是本書的生命力和學術價值之所在。因此，為了保持本書的歷史原貌，這次修訂時，對於基本內容、基本論述和基本觀點等都不作改動，只是改正了一些誤排和漏排的文字，補充了個別資料和論述，增加了一篇自序。

十五年來，該書在學術界引起了一些反響。《文藝報》《中國文化報》和《中華讀書報》對於本書的出版都作過報導。《江海學刊》、《東方叢刊》、《書品》（中華書局主辦）、《徐州師範大學學報》和《中華讀書報》等報刊發表十篇書評文章。尤其是著名「意境」研究專家藍華增先生、林衡勳先生和薛富興先生都撰寫了書評文章[1]，對本書給予

---

[1]　藍華增：《古風〈意境探微〉簡評》，中華書局《書品》2004年第3輯，第92-93頁；林衡勳：《現代意境研究的新拓展》，《中華讀書報》2002年9月18日第6版；薛富興：《現代意境研究的新方法、新觀點和新創獲：評〈意境探微〉》，《江海學刊》2003年第1期，第204-205頁。

了好評[2]。著名學者童慶炳先生和王汶成先生也在各自的文章中對本書給予好評。著名學者王振復先生和黃維樑先生也對於本書的一些觀點進行商榷和評價[3]。本書的一些章節在刊物上發表之後，先後被《詩刊》、《新華文摘》、《高等學校文科學報文摘》和中國人民大學書報資料中心複印報刊資料系列刊物《文藝理論》、《美學》、《中國古代近代文學研究》等轉載。本書第五章第一、二節在《中國社會科學》一九九八年第三期發表後，作為二十世紀「意境」範疇研究的重要成果，被收入葛紅兵主編的《二十世紀中國文藝思想史論》一書[4]。這些都是對我的熱情鼓勵，因此對以上專家、學者和刊物編輯表示真誠的感謝！

當然，我也發現有些「意境」研究論文、著作和研究生學位論文等，對於本書的關注和引用，只是侷限於「意境史」研究部分。

這說明有相當一部分讀者沒有關注到本書的「意境論」研究部分，令我有些被冷落的感覺。正如上文所指出的那樣，本書「意境論」研究部分更具有創新性，也更加精彩。我想，對於本書「意境論」研究

2　童慶炳：《再論中華古代文論研究的現代視野》，《中國文化研究》2002年冬之卷，第8頁；王汶成：《近年來意境研究綜述》，汝信、曾繁仁主編《中國美學年鑑》2002年卷，河南人民出版社2003年版；王汶成：《全球化語境下的「意境」研究述評》，《文學前沿》第7輯，首都師範大學出版社2003年版。

3　王振復：《對〈意境探微〉一書的四點意見》，《復旦學報》2004年第5期；黃維樑：《為意境（境界）研究熱降溫》，《海南師範學院學報》2006年第3期。

4　古風：《意境理論的現代化與世界化》，葛紅兵主編：《20世紀中國文藝思想史論》第二卷，上海大學出版社2006年版，第204-215頁。

部分，如果你仔細地閱讀了，如果你也與同類著作比較了，那麼你一定就會知道本書的學術價值了。在這裡，我自信地承諾，也自信地期待！

當百花洲文藝出版社決定要再版「中國美學範疇叢書」時，我很高興，終於使本書有了一次修訂的機會。但是，我又很悲傷，因為當年為該叢書出版做出了重大貢獻的主編蔡鍾翔先生、副主編陳良運先生和常務編輯朱光甫先生已先後離開人世。此刻，我深深地懷念他們，也深深地感謝他們！

古　風

二〇一六年十一月十二日於揚州湖東閣寓所

提　內
要　容

　　這是一部富有新意的「意境」研究專著。作者在較為廣闊的學術視野中論述了以下三個問題：一是重新解説古代美學史上的主要「意境」觀點，把握和整合歷史語境中的「意境」理論；二是對「意境」的內涵和本質等難點問題，進行了多學科、多維度、多層次的闡釋和探討，提出了一系列新的觀點；三是回顧總結了二十世紀的「意境」研究成果，並對二十一世紀的「意境」研究發展趨勢作了前瞻性的探討。「意境史」部分新意迭出，「意境論」部分精彩紛呈。與同類著作相比，本書具有三個特點：一是全面介紹和廣泛吸納了百年來的「意境」研究成果；二是古今變通、中西比較的新的理論建構；三是對每一個問題的探討，都力爭站到新世紀之初的學術前沿和高地上發言。因此，這是百年「意境」研究史上一部具有總結性、創新性和前瞻性特點的論著。

目次

上冊

第一章
二十世紀「意境」研究回眸

23　　第一節　進展與收穫
44　　第二節　困境與出路

第二章
多維視野中的「意境」理論

55　　第一節　劉勰為「意境」理論奠基
73　　第二節　王昌齡首創「意境」範疇
81　　第三節　皎然的「取境」說
94　　第四節　司空圖的「意境」形態論
108　　第五節　普聞論「意句」與「境句」
115　　第六節　謝榛論「情景之合」
120　　第七節　陸時雍的「情境創造」論
123　　第八節　王夫之論「情景交融」
132　　第九節　梁啟超的「新意境」說
139　　第十節　王國維的「境界」說
161　　第十一節　結語：歷史語境中的「意境」理論

下冊

第三章

「意境」內涵的多層闡釋

173　第一節　「意境」的泛化和淨化

182　第二節　「意境」內涵的符號學闡釋

236　第三節　「意境」內涵的詩學闡釋

264　第四節　「意境」內涵的美學闡釋

279　第五節　「意境」內涵的文化學闡釋

301　第六節　結語：文化語境中的「意境」內涵

第四章

「意境」本質的多向探尋

310　第一節　人與自然審美統一的「意境」本質

321　第二節　原始與文明交響的「意境」本質

329　第三節　傳統與現代轉換的「意境」本質

357　第四節　中國與西方對話的「意境」本質

372　第五節　結語：審美語境中的「意境」精神

第五章

走向新世紀的意境研究

379　第一節　「意境」理論的現代化

386　第二節　「意境」理論的世界化

400　第三節　21世紀「意境」研究的基本走向

412　**後　記**

第一章

二十世紀「意境」研究回眸

　　二十世紀的「意境」研究是從王國維開始的。他於一九〇八年在《國粹學報》上發表《人間詞話》，拉開了二十世紀「意境」研究的序幕。但是，目前學術界一般將王國維的《人間詞話》劃入近代史之中。因此，我們回眸二十世紀的「意境」研究，實際上只是指「現當代」這一段，即從一九一九至二〇〇〇年之間八十多年來的「意境」研究。

第一節　進展與收穫

　　「意境」，在中國古代文論和美學中，是一個最有生命力和現代化了的重要範疇。因此，在現代的古代文論和美學範疇研究中，對於「意境」的研究最多，最熱鬧，也最有成效。八十多年來，我國政治、經濟和文化一直處於急風驟雨的變革之中。所以，「意境」研究的發展也與時代同步前進。現從三個方面，述評如下。

一、現代「意境」研究的社會文化背景

現代「意境」研究，是現代人文社會科學的重要內容之一。因而，現代「意境」研究便與現代人文社會科學的發展息息相關。具體地說，從研究者的觀念、方法到規模等等，都直接或間接地受到現代人文社會科學的規定和制約。

（一）、文藝美學軸心的調節

與反調節從上古至近古，我國文藝美學的軸心是人與自然的審美關係，於是在這個軸心上便形成了「意境」範疇和理論。這是由史前而來便形成的一種具有東方特色的文化現象，也是一種傳統的社會文化心理模式。歷代尖銳的社會矛盾、激烈的民族衝突和此起彼伏的戰爭，都沒有打碎這種傳統的文化軸心，也沒有改變這種傳統的社會文化心理模式。自近代以來，隨著國人的逐步覺醒，西方的物質文化和精神文化相繼輸入。即使如此，也沒有從根本上動搖傳統文化的軸心。所以，儘管梁啟超等人主張「新意境」說，而影響並不很大。

然而，到現代情形卻不同了。在二十世紀二十年代初期，還有人主張詩人「在自然中活動」。因為這時文化的軸心依然是人與自然的審美關係。如宗白華先生說：「花草的精神，水月的顏色，都是詩意詩境的範本。所以，在自然中的活動是養成詩人人格的前提。」康白情先生同意這種看法，並說：「那麼自然又不僅是催詩的妙藥，並且是詩料底製造廠了。」[1]但是，這種情形後來就不多見了。

因為，從二十年代到一九四九年前的三十多年中，戰火連年不斷，特別是抗日戰爭，關乎中華民族的存亡，凡是有血性的中華兒女都投入到戰爭中去了，當然文藝家也不例外。這一時期的文化軸心，

1　王永生主編：《中國現代文論選》第1冊，貴州人民出版社1982年版，第28、46頁。

便由人與自然的審美關係轉換為人與人、人與社會的審美關係，實質上是一種戰時形態的文化。傳統文化人賞花吟月的悠閒心態發生了變化，長期以來占據他們心理世界的風花雪月，逐漸被社會人事所替代。如三十年代，文藝界人士對「新月派」詩人和林語堂、周作人小品文的吟花玩月的唯美主義傾向的批評，就證明了這一點。

其次，馬克思主義文藝美學，特別是毛澤東的文藝思想，從內部決定了文化軸心的轉換和文藝美學軸心的調節。一九四二年，毛澤東《在延安文藝座談會上的講話》就是一個明確的標誌。他認為，在「五四」以來的文化戰線上，革命的文學藝術運動「和當時的革命戰爭，在總的方向上是一致的」。以工農兵群眾為主體的社會生活，是革命文藝的唯一的源泉，因此號召廣大文藝工作者「到工農兵群眾中去」。這是傳統審美文化軸心轉換的根本標誌。何其芳先生進一步說，「詩的源泉」，「不是個人的哀樂，不是自然的美景，而是人民大眾的生活與其鬥爭」。[2]

由此可見，這時審美文化的軸心已轉換為人與人（人民大眾）的審美關係。構成藝術「意境」的兩個方面即「意」與「境」都發生了變化。「意」由詩人之情變為「人民之情」，「境」由風花雪月變為「人民之事」。[3]文藝的情感內涵及其載體發生了根本性的變化，為近代改良派詩人所嚮往的「新意境」終於出現了。這種情形在二十年代中後期就初露端倪。從聞一多先生收編的《現代詩鈔》中就可看出，「詩境」已變化為人或人造物，諸如理髮匠、水手、老兵、女人，或者為汽車、火車、大木船、傘、煙囪、刺刀等。其中田間先生的詩境便是戰

2　王永生主編：《中國現代文論選》第1冊，第220頁。

3　王永生主編：《中國現代文論選》第1冊，第220頁。

時文化的審美反映，如《人民底舞》，棒子、刀子、槍機、鋤頭成為反覆出現的情感意象。現代散文也是如此，即使「寫到了風花雪月，也總要點出人與人的關係，或人與社會的關係來，以抒懷抱」。[4]這種情形從延安時期以後，在五十年代、六十年代和七十年代的文藝中表現得尤為突出。當然，這期間文藝美學軸心的反調節也是存在的，諸如「新月派」的詩歌和林語堂式的小品文等。不過，調節是主流，反調節是支流；調節是現代的開端，而反調節則是傳統的延續。

（二）、外國文藝美學的大量輸入和中國現代文藝美學的「西化現象」

這是促使傳統文藝美學軸心轉換的另一個原因，也是「意境」研究所遇到的主要挑戰。這大致可以劃分為三個時期：從一九一九年至一九四九年為第一個時期，這時期共出版西方美學和文藝學譯著六十六部，其中從日語移譯二十四部，從俄語移譯十八部。[5]這是西方諸國如古希臘、古羅馬、德、義、英、法文藝美學的輸入期。在國內美學界迅速接受西方文藝學和美學影響的同時，這時期共出版了文藝學和美學論著七十三部。在這些論著中，我們可以看到康德、黑格爾、費希納、鮑桑葵、格羅塞、丹納、王爾德、克羅齊和弗洛伊德等人的廣泛影響。在文藝創作方面也是如此。廣大作家、藝術家面對潮水般湧入的外國文藝作品（數量一定可觀）和文藝學、美學譯著，加之受國內美學界同人「西化」式的文藝美學論著的推波助瀾的理論導向，幾乎可以說沒有人不受西化的影響，就連國學淵博的胡適、魯迅、聞一多和郭沫若等人也是如此。這是時代的潮流。正如梁實秋先生說的：

4　郁達夫：《〈中國新文學大系‧散文二集〉導言》。

5　關於美學論著、譯著的數據，是我根據蔣紅等人編著的《中國現代美學論著譯著提要》（復旦大學出版社一九八七年版）一書統計的。下文同。

「新詩，實際就是中文寫的外國詩。」[6]傳統詩歌所具有的審美意境已不復存在了，意境研究也受到了冷落。

從一九五〇年至一九七〇年為第二個時期，共出版外國文藝學和美學譯著六十三部，其中從蘇聯移譯過來的馬克思主義美學和文藝學著作就有三十八部。這是以蘇聯為模式的馬克思主義文藝學和美學影響中國的時期。

從一九七八年至二〇〇〇年為第三個時期。隨著我國對外開放政策的貫徹實施，出現了近百年來的第三次規模更大、持續時間更長的「西化」思潮。

文藝美學研究領域，更是百花盛開，熱鬧非凡。一時間，學界「引用西方」成為風氣。「西人語錄」成為學識、品牌和身價的象徵。誰引用了一條最權威的、別人未見的「西人語錄」，便自以為握有靈蛇之珠，也彷彿有了學識和光彩。當然，靠「西人」而成名者，也大有人在。這個時期出版的西方文藝學和美學譯著之多，難以統計。這是西方現代美學和文藝學影響中國的時期。

總之，西方文藝學和美學通過這樣三次大規模地輸入，加之數量更多的西方文藝作品的輸入，都程度不同地影響和同化著中國現代學人的觀念和思想。從這三個時期所出版的國人編著的文藝學和美學論著中，便可以看到這種「西化現象」的廣泛存在。在文藝創作方面也是如此。這也是時代的潮流。於是，「意境」在現代文藝作品裡便由中心跌入邊緣，而且逐漸地淡化了，遠去了。同樣，在中國現代文藝學和美學中，從觀點、範疇到理論，也幾乎全部是搬用西方的。「意境」不僅失去了存在的話語環境，也失去了其輝煌的中心話語地位。

6　王永生主編：《中國現代文論選》第1冊，第108頁。

（三）、中國傳統文化的延續和復歸

　　中國現代文藝學和美學的大量西化，並不意味著傳統文化和美學的丟失。徹底丟失傳統，對於中國人來說是一件不可思議的事。這是因為，每個中國人的血管裡都流淌著傳統的血液，每個中國人的心靈裡也有著傳統文化的深層積澱。所以，對於中國人來說，丟失傳統就等於丟失自己，否定傳統就是自我否定。因此，現代中國人每在歷史的轉型時期，都要對傳統文化表示懷疑甚至批判，但從不丟棄傳統。形勢一旦穩定就又要恢復傳統，重建傳統。「五四」前後、「文革」前後和新時期前後都是如此。否定傳統之糟粕，弘揚傳統之精華；有勇氣批判傳統，也有勇氣重建傳統，這便是現代中國人的特點。所以，八十多年來，「全盤西化」的觀點一直受到大多數人的抵制。這是「意境」研究在現代得以延續和發展的主要原因。也就是說，「意境」研究在現代雖然遇到了來自西方的三次挑戰，但並不是沒有機遇。在二十至三十年代，當西方文化如潮水般湧來之時，仍有人堅持研究「意境」；在五十到六十年代，由於馬克思主義文藝學對於「民族性」的提倡，使「意境」研究得到了發展的機遇。特別是進入八十年代以來，隨著「傳統文化與現代化」討論的深入，隨著「傳統文化熱」的不斷升溫，隨著「民族特色」的討論和實踐，逐步掀起了「意境」研究的高潮。

　　現代「意境」研究就是在以上所述的「挑戰與機遇並存」的文化背景下開展的。值得指出的是，現代「意境」研究並不是遺世獨立的文化現象，而是緊跟著現代中國文化的步伐前進的。因而現代「意境」研究不僅有一個紛紜複雜的現代文化背景，而且也深深地打上了現代文化的烙印。比如在下文將要展開的論述中，就會看到八十年代以來的方法論熱、美學熱、文化熱、比較文學熱等文化現象，對於「意境」

研究的直接影響。因此，只有透過現代中國的社會文化背景來觀照現代「意境」研究，才是全面的、科學的。

二、現代「意境」研究的發展概況

八十多年來，「意境」研究沐浴著現代文化的風風雨雨，雖步履艱難，但卻一直進行著、發展著。下文將現代「意境」研究劃分為三個時期，並加以述評。

（一）、現代「意境」研究的轉型時期（1919-1950）

所謂「轉型」，是指在以「文言文」向「白話文」轉型為代表的傳統文化向現代文化轉型的大文化背景下，「意境」研究的觀念、方法和語言操作的轉型。但有一個總的特點，就是對「新意境」的理論探求。這個時期的初期，由於處在新舊轉型的陣痛之中，中、後期又由於戰時形態文化的影響，「意境」研究呈現出戛戛其難的狀況。這一時期約有三十二位學者，發表了三十三篇論文。從研究的問題看，涉及「意境」的內涵、「意境」與禪機的關係、王國維的「境界」說，以及詩、文、繪畫中的「意境」等問題，基本上奠定了現代「意境」研究的基礎。

胡適先生從一九一九年十月發表《談新詩》開始，就受梁啟超等人的影響，將「新意境」作為一條文學批評的標準來使用。特別是在一九二六年九月著述的《詞選》中，使用「意境」術語多達幾十處。諸如「蘇軾的詞往往有新意境」，李煜「還替後代的詞人開一個新的意境」，等等。儘管有人對胡適是否在傳統意義上使用「意境」術語表示懷疑，但他畢竟是現代「意境」批評的第一人。

宗白華先生的「意境」研究也是較早的。他在一九二〇年二月發表的《新詩略談》一文中，除對「意境」的內涵作了新的闡釋外，並將「意境」看作詩的本質，要求「新詩的創造」，主要是「表寫天真的

詩意與天真的詩境」。這種觀點在當時的影響較大。他的朋友康白情先生在同年三月發表的《新詩底我見》一文中，支持這種觀點，並在發揮宗白華先生的「情緒的意境」的基礎上，又提出「想像的意境」。這就是他著名的「兩種意境」說。他認為，「情緒是主觀的，而引起或寄託情緒的是客觀的」，主客觀的統一便是「情緒的意境」；而有些詩則主要是靠想像去「構成一個新意境，構成一個詩的世界」，這便是「想像的意境」。這兩種「意境」在多數情況下，你中有我，我中有你，並不好分。這是對王國維「意境類型」說的新發展。後來，宗白華先生又發表了《中國藝術意境之誕生》（1943）一文。這篇文章內容豐厚，論述了「意境」的本質、意義和種類；談到了「意境」創造與人格涵養的關係，以及「意境」在中國和世界文化史上的地位；特別是結合佛禪和莊道哲學，論述了中國藝術意境的結構特點，即講究深度、高度和闊度，尤其是對空靈飄逸的靈境給予更多的關注和論述。此文視點之高邁，內涵之豐富，見解之精闢，是學界公認的。總之，這是一篇為現代「意境」研究奠基的力作，它的影響至今仍然存在著。

還值得一提的是趙萬里先生的《王靜安先生年譜》。他在按語中提出四個問題：（1）《人間詞甲稿序》與《乙稿序》，「均為先生自撰，而假名於樊君者」。（2）說：「先生之論詞，獨標出『意境』二字，此旨於前此所撰《文學小言》及《人間詞甲乙稿》序中已言之。至是始暢發其旨，得六十四則，成詞話一卷。」指出在王氏那裡，「境界」與「意境」是一回事。（3）出《人間詞話》的著述時間及與《文學小言》、「兩序」的關係問題。（4）王氏不僅以「意境」論詞，並且是「意境」論的親身實踐者。他的詞「意境之高超」，三百年間少有人能比。由於趙先生是王國維的門人，又是《人間詞話》原稿的保存者和整理者。所以，他的觀點很有權威性，在「兩序」的著作權、《人間詞話》的著述

時間和「意境」與「境界」的關係等問題上的觀點，均成為不刊之論，對於《人間詞話》的研究做出了重大貢獻。

到三十年代，談論「意境」的人漸多了起來。舒舍予先生一九三〇至一九三四年在齊魯大學文學院任教時編寫的《文學概論講義》，第一次將傳統文學理論與西方文學理論熔為一爐，其中將司空圖、嚴羽、王夫之等人關於「意境」的觀點引入現代文學理論之中，並不止一次地使用了方回的「心境」說，還對古典詩詞過分追求「境界」而缺乏「情感」的現象予以批評。[7]

這在「意境」美學的研究中開了一個先例。一九三五年，許文雨先生也在《文論講疏》中以大量的篇幅講疏《人間詞話》，多發揮王氏的「意境」說，後南京正中書局出了單行本。朱光潛先生在一九三四年發表了《詩的隱與顯》一文[8]，對王氏的「意境」說多有不同見解，還提出了「同物之境」和「超物之境」的新看法。這個時期，值得注意的是，在一九三四-一九三五年間文壇對於小品文的討論中，錢杏邨、洪為法、許欽文和郁達夫等人都對小品文的「意境」進行了評論，其中也有引用古人觀點的。另外，張其春《中西意境之巧合》（1937）一文，是較早用中西比較的方法研究「意境」的；劉佩韋《詩境與禪機》（1940）一文，也是較早從佛學角度研究「意境」的。還有朱自清、艾青、周振甫、任訪秋等人也對「意境」有所談論。

四十年代，談論「意境」的人不多，除了前文提到的宗白華先生之外，還有羅庸、劉永濟、伍蠡甫和錢鍾書諸位先生的「意境」研究比較重要。

7　參見舒舍予：《文學概論講義》，北京出版社1984年版，第30、31、34、35、62頁。

8　載於《人間世》第1期，1934年4月。

　　羅庸先生在解放前的學術界知名度頗高。他在西南聯大任教授期間，曾寫過一組廣播演講稿，其中有一篇談論「意境」的文章是《詩的境界》。這組文章收入《鴨池十講》一書，一九四三年曾由昆明開明書店印行出版。他認為，「境界就是意象構成的一組連繫」，「是一切藝術生命的核心」。詩境有不同的類型：物境最低，「無意味之可言」；「略高一籌的是事境」；「比事境再高一籌的是情境」；「駕於情境之上，而求超出，便是理境」；「最後是無言之境」。總之，「詩的境界，下不落於單純的事境，上不及於單純的理境，其本身必須是情景不二的中和。而一切物態，事相，都必須透過感情而為表現；一切理境，亦必須不脫離感情，所以感情是文學的根本」。「情景交融，便是最高之境，再加以寄託深遠，便是詩境的極則了。」[9]這段文字通古變今，籠絡百家，又自出心手，成一己之言。在現代「意境」研究中，這是一段至今令人難忘的精見妙論。

　　劉永濟先生在武漢大學執教期間所著的《詞論》中，廣泛地引用了況周頤、王國維等人關於「意境」的言論，並作了精彩的發揮。他認為：「文藝之事，析之有三端焉：一者，人情；二者，物像；三者，文詞。」「三者之相資，若形、神焉，不可須臾離也。故偏舉之，則或稱意境，或稱詞境；統舉之，則渾曰境界而已。」他是努力從文藝美學的高度，解決「意境」與「境界」的關係問題。又認為，「一切文藝，其意境超妙者，皆當用以涵養吾之性情也」，指出了藝術意境的審美作用。他還發揮了王國維的「三種境界」說，即從創作主體的年齡、學力、見識和創作的角度，論述了「文家造詣三境」[10]，比王氏的說法更

9　　《新人生觀・鴨池十講》，遼寧教育出版社1997年版，第45-48頁。

10　劉永濟：《詞論》，上海古籍出版社1981年版，第71-77頁。

明確了。這個時期的學者還注意到繪畫意境的研究。卓有成績者，當推伍蠡甫先生。他的《論中國繪畫的意境》和《再論中國繪畫的意境》兩文，皆收入《談藝錄》（1947）一書中。在當時，這是較早研究繪畫意境的論文。隨後，錢鍾書先生在《中國詩與中國畫》（1948）一文中，以南宗禪的「簡約」之風，論南宗畫的「簡約意境」。在同年出版的《談藝錄》中，他更是大談禪境與詩境的關係。這似乎是錢先生研究「意境」的一種風格。此外，還有許君遠的《論「意境」》（1943）、葉鼎彝的《廣境界論》（1946）、葉竟耕的《釋「象外」》（1947）和曾覺民的《論神境》（1948）等，也值得一提。

（二）、現代「意境」研究相對停滯的時期（1951-1977）

所謂「停滯」，有三層意思：一是在這個時期的初期，有五六年時間「意境」研究處於停滯狀態。李澤厚先生談到這種現象時說：「『意境』是中國美學根據藝術創作的實踐所總結地提出的重要範疇，它也仍然是我們今日美學中的基本範疇。可惜對這一問題我們一向就研究得極為不夠。這幾年來就似乎根本沒有看到過研究分析這一問題的任何文章。」[11]二是在這個時期的後期，即從一九六六年至一九七七年的十二年時間裡，由於受「文化大革命」和此起彼伏的政治運動的影響，「意境」研究處於空白狀態，在現代「意境」研究史上形成了嚴重的「斷層現象」。三是在這個時期的二十六年中，共有四十七人發表了「意境」研究論文五十一篇，每位研究者也只是發表一篇次，年平均發表不到兩篇。與上一個時期相比，並沒有發展多少，幾近於停滯狀態。當然，這只是一個「量」的分析。從「質」的分析看，也是如此。這一個時期的「意境」研究質量，與上一個時期相比，在有些地方前

11　《「意境」雜談》，《光明日報》1957年6月16日。

進了，在有些方面卻倒退了，總的來看處於停滯狀態。和這個時期的
社會文化發展相適應，這個時期的「意境」研究的總體特點是，「馬列
化」與「左傾化」並存。先看「馬列化」的「意境」研究。馬列主義
哲學是中國社會科學文化的指導思想，自然也是「意境」研究的指導
思想。在這個時期，唯物辯證法也就成為「意境」研究的主要方法，
因此，這個時期的「意境」研究便具有「馬列化」的鮮明的時代特色。
李澤厚先生是這個時期較早地發表「意境」研究論文的美學家，也是
「馬列化」、「意境」研究的重要代表人物。他的《「意境」雜談》（1957）
一文，就是運用馬列主義唯物反映論觀點來研究「意境」的力作。他
認為，「意境」包括「境」和「意」兩個方面，即「生活形象的客觀反
映方面和藝術家情感理想的主觀創造方面」，「『意境』是在這兩方面
的有機統一中所反映出來的客觀生活的本質的真實」。（引文著重點為
原作者所加，下同）「所謂『情景的交融』……等等，就都還是為了更
深入地本質地反映生活的真實。」他由此出發批評了朱光潛先生，指出
其錯誤在於「否認藝術的意境只能是生活境界的反映」。還有他明確地
將「意境」作為美學範疇，並用西方文論的「形象」和「典型」理論
來闡釋「意境」。這些在當時的學界來看，無疑是一種新的思路。但
是，其缺點也是明顯的。如果引用他的學生趙士林的話說，就是：「今
天看來，他對意境的分析，似還有過分強調『反映』的痕跡，而對『表
現』的論說似嫌不足。」[12]吳奔星先生的《王國維的美學思想——「境
界」論》（1963）一文也是具有代表性的。他運用馬列文論的基本原理
來評價王國維的「境界」說。認為，「『境界』的含意是和以形象反映
現實的藝術規律相通的」；「入乎其內」，「出乎其外」，談的是「詩人

12　趙士林：《當代中國美學研究概述》，天津教育出版社1988年版，第387頁。

與現實的關係」；所謂「造境」和「寫境」，即是「浪漫主義和現實主
義兩種創作方法」。因此，「王國維的美學思想可以説初步立足於唯物
主義的基地，具有現實主義的傾向」。這些看法雖然顯得有些生硬，但
卻體現了作者運用馬列文論的基本原理來研究「意境」的良苦努力。

再看「左傾化」的「意境」研究。在這個時期，人們的政治熱情
極度高昂，特別是在此起彼伏的政治運動中，造就了一代人的「大批
判情結」式的社會文化心理，結果導致了「左傾」思潮在學術界的長
期氾濫，也就出現了「左傾化」的「意境」研究。具體説，就是主要
集中在對於王國維「境界」説的批判上。有些文章所表現出的急躁的
「左傾化」情緒和失誤，並不僅僅是屬於作者個人的，也是屬於一個時
代的，因為當時很少有人能不這樣做。

陳詠先生似乎是個例外。他在《略談「境界」説》（1957）一文中，
能夠實事求是地評價王國維的「境界」説，顯得十分可貴。他認為，
王國維所謂的「境界」，是鮮明的形象、真切的感情和藝術的氣氛的統
一，也是客觀現實與主觀理想的統一。「在馬列主義傳入中國之前」，
王國維對「意境」能「作如此理解，總是為當時人所不能企及的」。[13]
在這個時期的「意境」研究中，還有一個現象值得指出，就是先後有
許多報刊對「意境」展開了集中的討論。諸如，在五十年代的《光明
日報》「文學遺產」欄裡，李澤厚、陳詠、葉秀山和徐翰逢等人發表文
章，對「意境」問題展開了討論。進入六十年代後，報刊上對「意境」
的討論顯得更加熱烈。《文匯報》發表了吳彰壘、錢仲聯、周振甫、吳
調公、葉朗的文章，討論「意境」問題；《黑龍江日報》連續發表了問
軒的3篇討論「意境」論文；《江海學刊》發表了吳調公、吳奔星、端

13　《光明日報》1957年12月22日。

木思敏的「意境」研究論文；《山花》發表了李德明、陳小平、小高的論文，就「詩的意境與含蓄」問題展開了討論，等等。

　　總之，從學術的角度來看，這一時期的「意境」研究主要有兩個特點：一是對王國維的「境界」說批判和討論是個熱點。從五十年代開始對王氏「境界」說批判以來，到六七十年代仍是一大話題。總的來看「左傾」主義思潮在降溫，學術研究的氣氛在升溫，因而討論問題較前期普遍地深入了。如葉朗先生將王國維的「境界」說，同嚴羽的「興趣」說、王士禛的「神韻」說和葉燮的「境界」說進行了比較。認為，王國維受嚴、王二氏「片面地強調文藝創造的主觀方面因素」的影響，也「片面地強調文藝的特性，完全忽略了文藝反映社會生活的本質」，因而「比葉燮大大退了一步」。[14]還有湯大民先生的《王國維「境界說」試探》（1962）一文，涉及這場討論所提出的問題和不同的觀點，可以看作是關於這場討論的一篇總結性的好文章，因而顯得難能可貴。另外一些學者，如吳奔星、錢仲聯、周振甫、端木思敏、曾敏之等，則幾乎是用純粹的學術眼光來研究王國維的「境界」說，所以更值得我們注意。其中吳奔星先生的《王國維的美學思想——「境界」論》（1963）和周振甫先生的《〈人間詞話〉初探》（1962），是兩篇很重要的文章。周振甫先生將王國維的「境界」說與浙派、常州派、《人間詞乙稿序》和叔本華的美學觀點進行了比較研究。認為，王氏糾正了浙派詞和常州派詞的流弊；《詞話》與《乙稿序》的意境觀點有三點不同，但都是王氏的見解，只不過有所修改罷了；王氏突破了叔本華的美學觀點。這些看法是很深刻的。

14　葉朗：《論王國維境界說與嚴羽興趣說、葉燮境界說的同異》，《文匯報》1963年3月2日。

二是能夠結合當時的文藝創作實際來研究「意境」。「意境」是中國古典詩學和美學的核心範疇，它能否走向現代，為現代的文藝實踐服務？這是現代「意境」研究必然要探討的問題。如傅庚生的《詩詞的意境》、程之的《關於意境》和方浦的《意境的追求》等，對此都作了一些有益的探討。

（三）、現代「意境」研究的發展時期（1978-2000）

進入新時期以來，我國撥亂反正，改革開放，創造了政治穩定、經濟繁榮和文化發展的良好的社會文化環境。於是，學術文化從政治的戰車上被鬆綁下來，獲得了自由發展的獨立品格；也恢復了知識分子的主體性地位，極大地激發了其科學研究的積極性。正是在這樣一種祥和、寬鬆和民主的社會文化氣氛中，「意境」研究獲得了空前的發展。據我的不完全統計，二十多年來，約有一千四百五十二位學者，發表了一五四十三篇「意境」研究論文；平均每年約有六十九位學者投入「意境」研究，發表七十三篇論文。在這支龐大的學者隊伍中，有的學者從五十年代就開始研究「意境」，也有從六十年代開始研究的，但更多的學者是從八十年代以來開始進入這一研究領域的。由此可見，這是一支由老、中、青三代學者所組成的實力雄厚的學術群體。正是他們創造了持續長達二十多年「意境」研究的空前繁榮景象。在二十世紀的學術史上，這是一股罕見的「意境」熱，也是現代「意境」研究全方位發展的黃金時期。所謂「全方位發展」的特點是，多元的課題取向、多角度的學科視野和多方法的研究操作方式等。主要表現在以下幾個方面：

（1）「意境」史研究。這是一個新的研究課題。在現代「意境」研究中，形成了一個「王國維圈」。由於對於「意境」研究所做出的傑出貢獻，王國維成為「意境」研究繞不開的一座大山。只要一提「意

境」，就是王國維的「境界」說；或者一提王國維，就想到「意境」，似乎「意境」史是從王國維開始的。這種情形在某種程度上束縛了「意境」史的研究。進入八十年代以來，學界同仁努力從「王國維圈」中走出來，探源尋流，將「意境」的源頭找到王昌齡那兒，找到老莊和《周易》那兒，開始了「意境」史研究。較早發表的論文是藍華增的《古代詩論意境說源流芻議》（1982），接著便出現了一大批這樣的論著，諸如潘世秀、葉朗、曾祖蔭、劉九洲等人的有關論著。從目前的研究成果來看，「意境」的歷史輪廓已基本清晰，這是由一組文章的描述所構成的。如胡曉明的《中國前意境思想的邏輯發展》、章楚藩的《「意境」史話》、馮契的《中國近代美學關於意境理論的探討》、馬正平的《五十年來意境研究述評》、張毅的《建國以來「意境」研究述評》和古風的《現代「意境」研究述評》[15]。這一時期，人們還對「意境」史上的各家學說進行了研究，諸如莊子、劉勰、皎然、權德輿、劉禹錫、司空圖、朱熹、嚴羽、姜夔、謝榛、王夫之、方東樹、林紓、聞一多、宗白華、朱光潛、李澤厚、錢鍾書等人的「意境」論，將「意境」史的研究引向了深入。

　　（2）從不同學科的角度研究「意境」。這個時期「意境」研究的學科視野比以往任何時期都要開闊。有從哲學角度研究「意境」的，如李林的《詩詞意境的哲學思考》；有從美學角度研究「意境」的，如張少康的《論意境的美學特徵》；有從佛學角度研究「意境」的，如蔣述卓的《佛教境界說與中國藝術意境理論》；有從文化學角度研究「意境」的，如李悟的《試論意境範疇形成的文化背景》；有從心理學角度研究

15　此類述評文章還有闔采平的《近十年來意境研究述要》，《北京大學研究生學刊》
　　1990年第4期；吳慧潔、黃慧薇的《近五年「意境」研究論文及作者分析評價》，《湛
　　江師範學院學報》1999年第2期。

「意境」的，如陳洪的《意境──藝術中的心理場現象》；還有從教育學角度研究「意境」的，如騰碧城的《談詩歌的意境教學》；等等。人們在不同的學科視野裡，對「意境」研究進行了新的開拓。

（3）運用不同的方法研究「意境」。八十年代初期以來掀起的「方法論」熱，也波及了「意境」研究領域。這是對傳統治學方法的改革，同時也是學術觀念的深層轉換。先是一些青年學者競相嘗試，接著一些中老年學者也都趕了上來，為現代「意境」研究開了新局。這時期，由於受「比較文學」熱的影響，所以用比較方法研究「意境」的較多，發表論文二十多篇。或將「意境」與「意象」比較，如陳寧的《西方意象與中國意境之比較》；或從中西文化和美學的角度比較，如毛宣國的《「境界說」與中西文化和美學》；或從中外詩歌比較，如吳伏生的《中英自然詩的意象結構》；而大多則是將「意境」與典型比較，如曹順慶的《意境說與典型論產生原因比較》，周來祥的《東方的藝術意境與西方的藝術典型》等。此外，有用系統論方法的，如魯文忠的《中國古代意境系統論》和陳良運的《王國維境界說之系統觀》；有用符號學方法的，如古風的《意境的「語象符號」闡釋》和劉慶璋的《文藝「符號」論與「境界」說》；也有用模糊數學方法的，如劉若復的《境界說與模糊性》；等等。這是現代「意境」研究中的新現象。

（4）文學藝術「意境」研究。這個時期，文藝界和美學界人士聯袂對文藝作品中的「意境」進行了理論概括和研究。這方面的研究成果最多，共約有七百五十一篇論文。他們結合作品，或賞析，或評論，從微觀到宏觀；從個別到一般，對文學藝術的「意境」進行了有聲有色的研究。在文學意境方面，除了傳統的詩、詞、散文意境的研究課題外，還深入到小說、報告文學、童話和民間文學等領域。諸如，陳尚仁的《論李士非報告文學的意境創造》，李曉湘的《葉聖陶前

期童話意境初探》，劉亞湖的《淺談民歌的意境美》。在藝術意境方面，除了傳統的書、畫、音樂、戲曲意境的研究課題外，還涉及舞蹈、影視、攝影、工藝、園林和盆景等領域。諸如，葉林的《舞蹈意境初探》，郭蹤的《電影的意境美》，吳正綱的《攝影藝術的意境》，桑任新的《瓷雕的意境・風格・題材》，金學智的《園林審美意境的整體生成》和潘傳瑞的《盆景的意境與自然美特徵》，等等。這是現代「意境」研究充分發展的表現。

（5）術語新用。還有一個現象值得注意，就是「意境」史上曾經出現過的一些術語，在近年來的「意境」批評和研究中重新使用，諸如「境」、「境界」、「意境」、「物境」、「情境」、「境象」、「意象」、「情景」、「心境」、「幻境」、「奇境」、「象外」、「詩境」、「文境」、「畫境」等。王昌齡的「三境」說，在古代只有「意境」影響大，其他「二境」連古人都不大提及。

近年來，人們對於王氏的「三境」說重新觀照和研究。如范寧認為：「境界本有三種：物境，情境，意境。意境只是境界的一種而已。」[16]還有王洪的《意境：物境，情境》，陳良運的《論「意境」的另一種——情境》，也表現出了相類似的思想傾向。彭會資先生主編的《中國文論大辭典》（1990），對歷史上的「意境」研究和術語資料，進行了全面而系統的整理。其中「構象」說收四十三個詞條，有六個術語：「情景」說收六十五個詞條，有十個術語；「境界」說收四十七個詞條，有二十四個術語。就是說，共有四十個「意境」術語被現代學者作了重新闡釋。

三、現代「意境」研究的學科建構

16 《文學評論》1982年第1期。

　　學科建構，是現代「意境」研究的最終目標。三十年代，舒舍予先生將「意境」範疇引入《文學概論講義》之中。四十年代，朱光潛先生在《詩論》中，專列一章談「詩的境界」問題。這些是最早將「意境」研究引向學科建構所作的努力。進入八十年代以來，一方面「意境」研究以突飛猛進之勢發展，創造了前所未有的繁榮景象；一方面「意境」研究成果及時地建構在各類文藝學和美學著作中，最終形成了「意境」學科。總體來看，有以下幾種情形：（一）「意境」被建構在當代文藝理論的體系中，如黃世瑜的《文學理論新編》和童慶炳的《文學理論教程》等；（二）「意境」被建構在中國古代文學理論的體系中，如陳良運的《中國詩學體系論》和祁志祥的《中國古代文學原理》等；（三）「意境」被建構在當代美學理論的體系中，如丁楓、張錫坤的《美學導論》和楊辛、甘霖的《美學原理》等；（四）「意境」被建構在中國古代美學理論的體系中，如葉朗的《中國美學史大綱》和郁沅的《中國古典美學初編》等；（五）「意境」被建構在部門美學理論的體系中，如肖馳的《中國詩歌美學》、金學智的《中國園林美學》和胡經之的《文藝美學》等。

　　在現代「意境」研究中，最大的收穫，則是「意境」學科自身的建構。近百年來，經過前八十年的研究積累，到後二十年則使研究工作上了一個新台階。即由個別的、一般的研究進入到全面的、系統的研究階段。主要表現在三個方面：

　　首先，是有關「意境」的資料蒐集和文獻整理。這是「意境」研究和學科建構的基礎。胡經之先生主編的《中國古典美學叢編》（1988）、賈文昭先生主編的《中國古代文論類編》（1988）和《中國近代文論類編》（1991）中，都收集了歷代大量的「意境」資料。到陳謙豫等先生編的《意境‧典型‧比興編》（1994）一書出來，則更凸現了「意境」

資料專輯的性質。從浩如煙海的古籍文獻中，選擇「意境」資料，並編輯成書，這是一項十分艱巨的工程。這些先生發揚「予任其勞而使人受其逸，予居其難而使人樂其易」（清人王鳴盛《十七史商榷・自序》語）的學術精神，所做的工作為廣大「意境」研究者提供了極大的方便。

其次，關於「意境」研究論文的選編。八十年代中期，學界出版了兩本「意境」研究論文集，一本是藍華增先生的《說意境》（1984）。這是他多年來研究「意境」的成果彙編，也是現代「意境」研究的第一本論集。正是由於這本書，使他成為七十年代末八十年代初最有影響的「意境」研究者。另一本是南開大學中文系古典文學教研室編輯的《「意境」縱橫探》（1986），共收入十四位作者的十五篇論文，另附錄一篇「建國以來意境研究重要論文目錄」。這個論文集幾乎涉及「意境」研究的主要領域，基本上代表了八十年代初期的研究水平。這兩本論文集對八十年代後期的「意境」熱起了推波助瀾的作用。

再次，「意境」研究專著的出版。到目前為止，已先後出版了六部「意境」研究專著，[17]分別是劉九洲先生的《藝術意境概論》（1987）、林衡勳先生的《中國藝術意境論》（1993）、蒲震元先生的《中國藝術意境論》（1995）、夏昭炎先生的《意境——中國古代文藝美學範疇研究》（1995）、藍華增先生的《意境論》（1996）和薛富興先生的《東方

17　近年來，關於王國維「境界」說的研究，具有影響的論著有佛雛先生的《王國維詩學研究》（1987）和葉嘉瑩先生的《王國維及其文學批評》（1997）。他們的觀點被學界廣為引用。儘管，這兩部書中都用大量的篇幅談論「境界」說，但還不是研究「境界」說的專著。前不久，馬正平先生的《生命的空間——〈人間詞話〉的當代解讀》（2000）的出版，填補了這方面的空白。該書從文本解讀切入，通過對《人間詞話》不同稿本的辨析、相關文獻的比較和王氏思想的整體把握，對「境界」說作出了令人信服的闡釋。這是一部紮實厚重的論著，是現代「意境」研究的又一重要收穫。

神韻——意境論》（2000）。劉著是現代「意境」研究的第一部專著，
開闢山林，功不可沒。此書前九章所涉及的問題，都是學界談論較多
的。著者將其疏理、建構成一部專著的框架，當然也融入了自己的思
考和見解。該書的創見在於後四章，即分別論述了「意境」與「虛
靜」、「移情」、「通感」、「靈感」等問題，在「意境」的心理學分析方
面有所建樹。林著重在歷史研究，其第二編的五章內容，實際上是一
部「意境」史專著。同時，作者從中國語言文字角度研究「意境」，精
見間出，富有新意。蒲著對「意境」的研究有兩大貢獻：一是結合藝
術實踐與審美，對「意境」的歷史形態作了獨到的分析。更為值得注
意的是，他提出了「原始形態的意境」一說，將「意境」研究的觸角
延伸到了原始藝術領域，論述了原始彩陶、岩畫上所表現的「原始意
境」，並十分敏銳地指出了「人與生物混形」和「人與自然接合」的現
象。這種看法不僅是敏銳的，而且在現代「意境」研究中是第一次。
二是對「意境」深層結構中「氣之審美層次」和「道之認同境層」的
內涵、特徵，進行了深入的論述。這是該書最為精彩的部分。夏著雖
沒有超出人們的研究範圍，卻做到了材料豐富，見從己出，也是一部
內容實在的好書。藍著有理論研究，有「意境」史研究，有專著研究
等，廣涉「意境」研究的各個領域，是作者多年來從事「意境」研究
的成果。在該書中，他對艾青和朱光潛「兩種意境」觀的比較，以及
用「意境」理論分析當代藏族詩人饒階巴桑的詩歌作品，都令人耳目
一新，對於「意境」的現代轉換具有示範性的學術價值。薛著的作者
較為年輕。該書是在他的博士論文的基礎上，經名師指導寫成的。雖
然所論及的都是現代「意境」研究中的基本話題，但卻作了新的探索。
其中最為明顯的特點有兩個方面：一是從宏觀的視角，把「意境」範
疇置於中國古典哲學、美學和文藝學的網絡結構中，予以層層分析，

故有較強的思辨色彩，也時有精當的論說片斷；二是結合詩歌、書法、繪畫和小說的「中國古典藝術史」，研究作為「古典主義的藝術審美理想」的「意境」的生成和實現史。這是一部富有思想的書。

總之，以上六位學者對於「意境」學科的建構都做出了各自不同的貢獻。這些論著的出版表明，「意境」研究作為一個專門之學，已經基本成熟了。

第二節　困境與出路

回眸二十世紀的「意境」研究，取得了令人可喜的成績。但是，也存在著一些問題。

其一，「意境」的泛化現象比較嚴重。先是術語的泛化。「意境」在形成過程中，與「意象」「滋味」「興趣」「神韻」等術語，發生過這樣或那樣的關係，或在內涵上有某些相似之處。但是，從範疇學角度看，它們又是各自獨立的美學範疇。有些研究者們忽視了這一事實，將「關係」無限擴大，甚至變成了「等號」。於是便把「意境」與這些範疇等同了起來，使「意境」成為無所不包的東西。這樣就造成了「意境」操作上的泛化。即把「意境」當作標籤，隨意亂貼。由此又直接導致了「意境」內涵的泛化。據統計，目前學術界關於「意境」內涵的觀點，至少有二十多種。

按說，經過近百年的「意境」研究，其內涵應該是愈來愈明確、愈穩定，愈接近科學。然而，現在的情形卻與此相反，是愈來愈模糊。當然，出現這種情形，是有許多原因的。其中，有些是歷史形成的。因為，「意境」是從遙遠的歷史隧道中傳播到現代來的。在傳播過程中，一是它自身有一個由孕育、產生到成熟的過程，二是歷代的傳

播者也有隨意使用的情形，三是在傳播過程中它缺少一個嚴格的定義。因此，在過去就存在著「意境」的泛化現象。幾年以前，吳戰壘先生在他的《中國詩學》一書中，就指出：「王國維已有把意境泛化的傾向。」[18]然而，更主要的原因則是由於一些研究者的浮躁心態所致。他們急於求新立異，脫離了「意境」的「原意」來談「意境」，結果將「意境」範疇弄得面目全非。這樣來研究「意境」，著實令人擔憂。

其二，「意境」研究中的「西化」現象。在西方文論和美學中，還找不到一個與「意境」相對譯的範疇術語。這一點是學術界所公認的。於是，就提出來一個問題，即能否用西方文論、美學的觀點和方法研究「意境」？近百年來，有不少學者在此方面做了一些嘗試和探索，也有很成功的例子。比如眾所周知的王國維和朱光潛等先生。現在，再回過頭來看這個問題，似乎有重新討論的必要。我認為，西方文論和美學的方法，具有工具性質，用來研究「意境」是可以的；而西方文論和美學的觀點，則是理論的「內核」，用來研究「意境」時則要謹慎小心。因為，「意境」是一個從中國傳統文化土壤裡生長起來的、具有中國特色的詩學和美學範疇，用異質文化的觀念（或觀點）來研究它，一定要處理好主次之間的關係。否則，如果弄得不好，就會出現把「意境」「洋化」或「西化」的現象。事實上，在近二十年來的「意境」研究中，這種現象是存在的。比如，有人把「意境」等同於「形象」（或藝術形象），有人把「意境」等同於或歸屬於「典型」，還有人把「意境」看作「心理場」，等等。結果丟失了「意境」最本質的東西，名曰研究「意境」，實際上是在消解「意境」，甚至反「意境」。究其原

---

18 吳戰壘：《中國詩學》，東方出版社1991年版，第92-94頁。另有趙銘善《評意境研究中的兩種傾向》一文，也認為王國維與周谷城有將「意境」泛化的傾向（《文藝研究》1993年第6期）。

因，是「西方中心論」在作怪。在有些研究者心目中，「西方的」就是
經典的、權威的，於是便崇洋媚外，以西方為宗主，為標準。早在三
十年代，羅根澤先生就對這種「妄事糅合」的西化傾向予以尖銳的批
評。他說：

> 以別國學說為裁判官，以中國學說為階下囚，簡直是使死去的祖
> 先，作人家的奴隸，影響所及，豈只是文化的自卑而已。
> 中國的學說如真是全同於歐美，則中國的學說應當廢棄。[19]

羅先生所批評的這種「西化」現象，在八十年代以來的「意境」
研究中，不僅沒有改觀，而且愈演愈烈。或將「意境」的雞蛋打破，
去倒入西方的模子裡，做成「西式」蛋糕；或將西方文論和美學的標
籤，貼在「意境」的範疇上，以抬高其「學術品位」等。從某種意義
上說，這些做法實際上是葬送了「意境」研究。

其三，近百年來，關於王國維「境界」說的研究，持續的時間最
長，投入的人力最多，成果也最為輝煌。二十年代發端，五十至六十
年代討論，八十年代以來達到高潮，而且從國內走向世界，幾乎成為
專門之學。值得注意的是，有人把王國維的「境界」說，看作「意境」
研究的「集大成」「高峰」或「句號」（終結），似乎「意境」理論到此
就不再發展了。即使五十至六十年代對於王氏「境界」說的批判，八
十至九十年代對於王氏「境界」說的褒揚等，都沒有走出「王國維
圈」。由此看來，研究者們塑造了一個高大的王國維，這似乎並沒有
錯。但是，由於王國維的過分高大，卻在某種程度上遮蔽了一部「意

---

19 羅根澤：《中國文學批評史》（一），上海古籍出版社1984年版，第32、31頁。

境」發展史的真實面目，也在一定程度上束縛了「意境」研究。

其四，古人談論「意境」，多是結合文藝作品的分析進行。除王昌齡的《詩格》、皎然的《詩式》、方回的《心境記》、林紓的《意境》和王國維的《人間詞乙稿序》等較重視理論探討之外，其餘的大都是在文藝作品的分析中談論「意境」問題。因此，從使用的情況看，「意境」用於批評的次數遠遠多過用於理論的次數。所以，說它是文藝批評範疇，或許比說它是文論、美學範疇，更接近於事實。然而，我們也應該看到，「意境」由批評層面昇華到理論層面，最終成為文論、美學範疇，這也是事實。問題是近年來的「意境」研究，卻脫離文藝作品的分析，脫離古代文藝創作和審美的經驗，或泛論，或玄談，往往長篇大論，而不得要領，真正有用的話卻沒有幾句。

其五，從統計數字看，「意境」研究的成果著實喜人。但事實上，真正有新意、有創見的研究成果並不很多。選題重複，觀點重複，材料重複（指開掘、使用新材料不夠），甚至連行文重複的現象，也十分嚴重。就是說，「意境」研究的低水平重複較多。在這方面，也不全是青年學者，也有一些名家是如此。「意境」研究不僅要有數量，而且更為關鍵的是要注意提高質量。目前，學界正在討論學術規範問題。其實，「意境」研究也有一個如何規範的問題。

總之，由於以上五個方面的問題存在，目前的「意境」研究正處在困境之中。那麼，如何走出困境？新的出路又在哪裡？這些問題不解決，就勢必會影響到「意境」研究的進展和深化。

當然，這是一個值得我們繼續研究的問題。我在這裡不打算對此問題發表具體看法，而是想在即將展開的這本小書中，作出自己切實的努力，用行動對此問題作出回答。因為，本書的寫作，就是在「意境」研究極度繁榮、面臨困境和重擇出路的複雜的學術背景下進行

的。這對於我來説，是一次難以迴避的挑戰和考驗，舍此則無路可走了。

本書所選擇的出路是這樣的：一是確定一個中心點，二是貫穿一條思想線，三是使用一種立體透視法。

首先，談「確定一個中心點」。「意境」是中國傳統審美文化大樹上結出的一顆碩果，也是中國古代文明所孕育和提煉出來的一粒靈丹。因而，它是一個多面體的瑰寶。你從詩學角度看，它是一個中國古代詩學的範疇；你從文藝學角度看，它又是一個中國古代文藝學的範疇；你從美學角度看，它還是一個中國古代美學的範疇。好似川劇中的「變臉」，讓人難以窺見它的真面目。那麼，它究竟是一個什麼樣的範疇呢？我認為，對它進行學科定位是困難的。因為，它的這種學科歸屬的複雜性是歷史形成的。其大致的情形是這樣：「意境」最早出現在詩學領域，因而唐宋時期，它基本上是一個詩學範疇；元明以後，「意境」的觀點和理論便逐漸向其他文藝門類滲透，於是它又成為一個文藝學範疇；近代以來，隨著西方美學的引入和中國美學的建構，「意境」便成為一個美學範疇了。當然，這只是就人們認識「意境」範疇的歷史過程而言。但實際上，它的內在精神和價值範圍並不侷限於這種歷史的階段性。就是説，如果研究「意境」範疇史，姑且可以進行這樣的歷時性考察，因為它有一個歷史演變的過程；如果從理論的角度看，它一身兼三任，即詩學、文藝學和美學三種範疇兼合一身，是一個共時性的概念單位。由此可見，它是一個具有彈性和張力的理論範疇，沒有一個固定的學科歸屬，而是處在多學科的邊緣位置上。

所謂「確定一個中心點」，就是指把「意境」作為一個中國美學的範疇來研究，並作為全書的中心點確定下來。這與本叢書的要求是相

一致的。當然，我們也不會忽視它在詩學和文藝學方面的一些成就，因為這些與中國美學原本就有著十分密切的關係。

現在的問題是，「意境」作為一個中國美學的範疇，在理論上能否成立？這個問題似乎不能成為一個問題，因為目前學術界同人公認「意境」是中國美學的重要範疇，沒有人懷疑過它的合理性。但實際情形並不是如此。所謂的學術界同人公認，只不過是你這樣說，他也這樣說，如此漸漸約定俗成而已。至於「意境」如何由詩學範疇、文藝學範疇轉化為美學範疇，以及它作為美學範疇的合理性等問題，還沒有人來對此進行論證。這些問題不解決，就會給人造成一種錯覺：「意境」今天是詩學範疇，明天是文藝學範疇，後天就是美學範疇了。甚至在同一篇文章中就有幾種不同的說法。因此，提出這個問題，並予以論證，是十分必要的。

我認為，在中國詩歌發展的黃金時期的盛唐，既寫詩又評詩的「詩家天子」王昌齡，根據他的詩學經驗，自鑄偉辭，最早提出了「意境」範疇。所以，「意境」作為中國古代詩學範疇是不成問題的。在古代中國，「詩」與「樂」合構一體，形成了政治與審美兼而有之的文化形態。於是自商周以降，在朝野上下普遍形成了一種「尚詩」的風氣。「詩」由於它的特殊地位，也一躍成為中國古代文學藝術皇冠上的明珠和靈魂。此後中國人的一切文化創造都充滿了詩學精神，文藝創作更是如此。「畫中有詩」（蘇軾《書摩詰藍田煙雨圖》），書法「取會風騷之意」（孫過庭《書譜》），至於音樂、舞蹈、戲曲和園林等藝術，也要具有詩趣。實際上，詩學精神也就是藝術精神。這是「意境」由詩學範疇向文藝學範疇轉化的主要依據。

有人說，在中國古代沒有美學，那麼，「意境」又怎能成為美學範疇呢？這話看來似乎有理，其實不然。美學作為一個學科，到現在也

只有二百五十多年的歷史。如果說中國古代沒有美學，那西方古代也同樣沒有美學。

但是，無論在西方古代，還是在中國古代，並不缺少關於「美」的觀點、思想和理論。「愛美之心，人皆有之」。審美是人類共同的心理需求和普遍的文化現象，也是人類文明結構中的基本內容。這些古已有之的關於「美」的觀點、思想和理論，是形成美學學科的淵源和基礎。正因為有了前者，才會出現後者。所以，後者是美學，那麼前者也應該是美學，是一種「潛美學」。儘管，西方有西方形態的美學，即重思辨的理論形態的美學；中國也有中國形態的美學，即重感悟的經驗形態的美學。但是，兩者都是美學，這是毫無疑問的。

而且，自古以來，「中國人是富於美感的民族」[20]。從原始彩陶、敦煌壁畫到明清園林，從錦衣繡服、紅木家具到雕樑畫棟，大到長城、故宮，小到扇子、耳墜，都使我們能夠看到這些飽經滄桑的美感存在。至於歷代文獻典籍中所記載的古人關於美的觀點、思想和理論，則更是多不勝舉。中國人審美的太陽，普照在日常生活起居的方方面面、角角落落，文學藝術更是其審美光芒的集中所在。「言之美者為文，文之美者為詩」（司馬光《趙朝議文稿序》）。梁啟超也認為，詩是「人類好美性」的表證，「好歌謠純屬自然美，好詩便要加上人工的美」（《中國之美文及其歷史》）。由此可見，詩便是「美文」，是「人類好美性」的藝術顯現。季札觀樂，一連用了十一次「美哉」的審美判斷，就是最好的證明。詩是中國人最重要的審美對象之一，因而詩學中便蘊含著許多美學的因素。從本質上講，詩學精神也就是美學精神。再來看「意境」。先列舉一組材料：

20　《蔡元培美學文選》，北京大學出版社1983年版，第181頁。

歷代詞人，詩筆雙美者鮮矣，今陶生實謂兼之：既多興象，復備風骨。（殷璠《河岳英靈集》卷上）

今足下之詩，時輩固有難色，倘復以全美為工，即知味外之旨矣。（司空圖《與李生論詩書》）

詩乎，機與禪言通，趣與游道合，⋯⋯要皆以若有若無為美。（湯顯祖《如蘭一集序》）

言情之詞，必藉景色映托，乃具深宛流美之致。（吳衡照《蓮子居詞話》）

這裡，所謂的「興象」、「味外之旨」、「若有若無」、「深宛流美」等，都是對詩歌意境美的描述。可見「意境」不僅是構成詩美的必備條件，而且是詩美的最高境界。這樣，「意境」與「美」便有了密切的關係，正如宗白華先生所說的，「藝術境界主於美」（《中國藝術「意境」之誕生》）。所以，「意境」由中國詩學範疇轉化為中國美學範疇，就是自然而然的事了。

將「意境」看作美學範疇，大約是從王國維開始的。在《人間詞話》中，他以叔本華的美學思想為參照，將「無我之境」看作「優美」的範疇，將「有我之境」看作「宏壯」的範疇。後來宗白華、朱光潛和李澤厚都把「意境」作為美學範疇來研究。一九五七年，李澤厚先生就明確指出：「『意境』是中國美學根據藝術創作的實踐所總結的重

要範疇，它也仍然是我們今日美學中的基本範疇。」[21]此後，「意境」作為中國美學範疇則不再成為問題了。

「意境」不僅是中國美學的範疇，而且是中國美學的核心範疇。因為，它處在中國美學的核心位置上，有許多範疇、觀點和理論，都與它有這樣或那樣、直接或間接的關係。因此，「意境」是中國美學的靈魂。研究「意境」，實際上不僅僅是一種範疇美學的建構，而且是在建構整個的中國美學體系。

其次，談「貫穿一條思想線」。這條貫穿全書的思想線，就是情與景、人與自然的審美統一。

多少年來，「意境」研究一直徘徊在內涵闡釋的怪圈裡。人們總想尋找一個能夠囊括「意境」的所有內涵的定義。其實這是一個頗具神祕性和誘惑力的圈套。因為，「意境」是一個感性十足的活生生的審美情景，一旦將它提升到抽象的理性層面時，總要丟失許多東西。也就是說，感性的「意境」與理性的「意境」之間是無法畫等號的。當然，這並不是說我們不能對「意境」進行理性的把握，如真那樣，「意境」就成為不可知的東西了。而是相反，我們不僅能夠認識「意境」，還要能夠把握住「意境」內涵的本質。「意境」的內涵是那樣的豐富，豐富到人們至今也難以用理論的語言來表述它。正因為如此，本書打算用較多的篇幅，從不同的學科視野來闡釋「意境」的內涵，然後提出我們對「意境」的總的看法。我發現，這些不同層面的「意境」內涵貫穿在一條中心思想的線索上。這條線索就是「在藝術活動中，情景交融、意溢象外和人與自然的審美統一」。這也是貫穿全書的一條思想主線。我將會在本書第三章第六節「結語」中對此作出詳細的論述。

21　《「意境」雜談》，《光明日報》1957年6月16日。

　　再次，談「使用一種立體透視法」。「意境」是一個具有多面體的內涵豐富的中國美學範疇。過去，人們對於「意境」的研究，大多採用單一的、靜止的歸納法來研究「意境」，故往往顯得力不從心，捉襟見肘，難以全面把握「意境」。這是「意境」研究陷入困境的原因之一。二十多年以來，人們在研究「意境」的方法上，有了一些新的突破：一是用了一些新的方法，二是綜合使用多種方法來研究。我認為，對於這個具有多面體的內涵豐富的「意境」範疇，也只有運用「立體透視法」來研究才是合適的。所謂「立體透視法」，就是同時使用多種方法，對「意境」範疇進行多層的、動態的考察和分析。本書中的「多維視野」「多層闡釋」和「多向探尋」三者結合在一起，就構成了一個「立體透視」的方法論框架。

　　總之，以上三點，就是我們擺脫困境所嘗試要走的一條出路。

第二章

多維視野中的「意境」理論

　　「意境」是審美的產物。它的萌生、形成和發展，經歷了悠遠漫長的審美歷程。自古以來，談論過「意境」的人，難以數計；記載「意境」言論的文獻，汗牛充棟。然而，這些豐富多彩的思想內容，都濃縮和積澱在「意境」這兩個字中。所以，「意境」不屬於某一個人，也不屬於某一個時代。它吸天地萬物之精華，集靈思幽情之壯采，是中國人用了數千年曆史而精心鑄造的一個美學範疇。

　　這是一個異常豐碩、異常空靈和異常瑰麗的審美文化果實。雖然，它只是由兩個文字構成的美學範疇，但是具有令人難以想像的包容力。因為，我們將要面對的史實是，它包容著一個個文論家，包容著一個個時代，也包容著整個的中國審美文化。因此，「意境」便成為中國審美文化史的活化石。就是說，在這兩個文字中濃縮和積澱著一部中國文化、藝術和美學大史。

第一節　劉勰為「意境」理論奠基

在中國美學的發展史上，任何一個美學範疇的出現，都有其久遠的歷史淵源和深厚的文化基礎。「意境」範疇的出現就是這樣。它的歷史淵源系。顧長康言談山川之美，宗炳臥遊山水，王羲之等人蘭亭雅集，可見一和文化基礎便比較集中地表現在《文心雕龍》之中。阮國華先生說：「劉勰雖然未能正面揭櫫意境論，但他卻是唐以前從理論上為「意境論的出現作貢獻最大的一個」。[1] 這個評價是中肯的。那麼，劉勰所作的最大貢獻是什麼呢？我認為，劉勰的最大貢獻是為「意境」範疇的出現起了「理論奠基」的重要作用。具體說來，主要有以下三個方面的問題。

一、對人與自然的審美關係在文藝創作中的作用，進行了專門而系統的理論研究

魏晉南北朝之後，人與自然的審美關係，也由史前宗教性的圖騰審美和上古倫理性的「比德審美」而進入到了中古藝術性的「暢神審美」階段。這是一個純粹的自然審美階段。社會的動亂，人生的無常，儒家思想統治的消解，佛道思想的盛行，致使廣大士人隱身遁世，走向了大自然。他們淡化了功利性的打算，敞開自己純真的心靈之門，去觀照和體驗大自然的美。於是，人與自然之間建構了一種澄澈晶瑩的純審美關斑。這種現象反映在文藝領域，便產生了一種新的文藝現象，除了形成山水詩和山水畫之外，自然景物也大量地湧現在文藝表現領域。這一點從蕭統《文選》中可以得到例證。該書六十卷，共收作家一百三十人，其中魏晉六朝作家九十二人，占全書百分之七

1　《文心雕龍學刊》第6輯，第69頁。

十點八；共收入作品五百一十三篇[2]，其中魏晉六朝作品四百一十四篇，占全書八十點七％。因此，這個選本厚今薄古，是當時文學創作界的一個縮影。在「賦」類作品中，有遊覽、江海、物色、鳥獸小類，如孫綽《游天台山賦》、木華《海賦》、郭璞《江賦》、潘岳《秋興賦》、謝惠連《雪賦》、謝莊《月賦》、禰衡《鸚鵡賦》、顏延年《赭白馬賦》和鮑照《舞鶴賦》等。在以上四類所收十四篇賦中，除宋玉《風賦》和賈誼《鵩鳥賦》外，皆為當時人所作。蕭統《文選序》評曰：「至於今之作者，異乎古昔，古詩之體，今則全取賦名。……若其紀一事，詠一物，風雲草木之興，魚蟲禽獸之流，推而廣之，不可勝載矣。」詠物抒情小賦的出現，是一種新的文學現象。這種狀物抒情的創作方法作為一種時尚，瀰漫於當時的文學界。這一點劉勰也談到過。他說：「自近代以來，文貴形似，窺情風景之上，鑽貌草木之中。」（《文心雕龍》〈物色〉）

這種新的文學創作現象，在當時的文學理論中也有所反映。當時的大多數文學理論家都認識到了自然景物與文學創作的關係。諸如陸機《文賦》云：

遵四時以嘆逝，瞻萬物而思紛。悲落葉於勁秋，喜柔條於芳春。……慨投篇而援筆，聊宣之乎斯文。

鍾嶸《詩品序》云：

若乃春風春鳥，秋月秋蟬，夏云暑雨，冬月祁寒，斯四候之感諸

2　中華書局1977年版《文選・出版說明》統計為七百餘篇，似有不實。

詩者也。

蕭統《答湘東王求文集及詩苑英華書》[3]云：

或日因春陽，其物韶麗，樹花發，鶯鳴和，春泉生，暄風至，陶嘉月而嬉遊，籍芳草而眺矚。……或夏條可結，倦於邑而屬詞；冬雲千里，睹紛霏而興詠。

蕭綱《答張纘謝示集書》云：

至如春庭落景，轉蕙承風，秋雨且晴，簷梧初下，浮雲生野，明月入樓。……是以沉吟短翰，補綴庸音，寓目寫心，因事而作。

由此可見，在人與自然的審美關係中，來探尋文藝創作的發生規律，在當時已成為學人的共識。劉勰是他們的傑出代表。他在《文心雕龍》的不少篇章中皆有論述，其中〈物色〉篇還進行了專題研究。總括來說，自然景物與文學的關係有如下兩個方面：

（一）自然景物是文學發生的原始本源。劉勰認為，「日月疊璧，以垂麗天之象；山川煥綺，以鋪理地之形」（〈原道〉），這是宇宙的文章。

「龍鳳以藻繪呈瑞，虎豹以炳蔚凝姿；雲霞雕色，有逾畫工之妙；草木賁華，無待錦匠之奇」，「至於林籟結響，調如竽瑟；泉石激韻，和若球鍠」，這是萬物的文章。「天文斯觀，民胥以效」，文學也就產生

---

3 蕭統著有《文集》二十卷、《詩苑英華》二十卷，都已失傳。

了。這就是文學「與天地並生」（《文心雕龍》〈原道〉）的道理。關於這一點，恩師寇效信先生曾從美學角度予以說明。他說：「天地之『文』，這是帶有一定神祕色彩的自然美；萬物之『文』，這是自然美；人『文』，這是人類傚法天地萬物之『文』而創造的藝術美。」[4]因此，自然景物既是文學藝術的本源，也是「意境」的本源。

（二）大自然是文學「意境」創造時取象的現實土壤。「意境」中的「境」（或「景」）來源於現實的「物」。「物色之動，心亦搖焉。」「歲有其物，物有其容；情以物遷，辭以情發。」（《文心雕龍》〈物色〉）外在之「物」內化為心中之「物」，心中之「物」（即「意象」）再外化為文中之「物」。這種文中之「物」就是情化和辭化之「物」，如圖所示：

$$外物 \xrightarrow{\text{內化}} \underset{(\text{意象})}{\text{心中之物}} \xrightarrow[\text{辭化}]{\text{情化}} \underset{(\text{意境})}{\text{文中之物}}$$

可見情化和辭化之物，也即是美化之物，這就是文學的「意境」。所以，大自然是文學「意境」創造時取象的現實土壤。因此，劉勰說：「山林皋壤，實文思之奧府」；「然則屈平所以能洞監《風》、《騷》之情者，抑亦江山之助乎？」江山如何助佐屈原寫下不朽詩作，劉勰未及細論，史籍亦載之不詳。《史記》〈屈原賈生列傳〉云：「頃襄王怒而遷之。屈原至於江濱，被發行吟澤畔，顏色憔悴，形容枯槁。」詩人在長期的流放生活中，覺得自己的忠君愛國之心，上不為楚王所察，下不為漁父所解，「舉世皆濁我獨清，群人皆醉我獨醒」，孤獨之極，痛苦之至，於是只有登山涉水，向大自然敞開心扉，同芳草移情，與善鳥談心。這一點，在他的作品中隨處可見。諸如：

4　寇效信：《文心雕龍美學範疇研究》，陝西人民出版社1997年版，第12頁。

惟草木之零落兮，恐美人之遲暮。(《離騷》)

哀南夷之莫吾知兮，旦余濟乎江湘！
哀吾生之無樂兮，幽獨處乎山中。(《涉江》)

有鳥自南兮，來集漢北；好姱佳麗兮，牉獨處此異域。(《抽思》)

願寄言於浮雲兮，遇豐隆而不將；因歸鳥而致辭兮，羌迅高而難當。(《思美人》)

在屈原的作品中，很少看到知心之人。所以，他痛心的是「人之心不與吾心同」(《抽思》)。我們所看到的是一個上古的行吟詩人與大自然的交往，我們所聽到的是一位偉大孤獨者的靈魂與大自然的對話。這大概就是劉勰所謂的「江山之助」吧！明人江瓘在《楚辭集解自序》中說：「蓋楚山川奇，草木奇，故原人奇、志奇又文奇。」[5]此言深得彥和之意。

但是，我們也應看到，在屈原的作品中，自然景物還只是一些冷靜的旁觀者，並沒有成為詩人的知己與其融為一體。因此，所謂「對話」，還是一種人為的「比德」手法。詩人孤獨的心情並未能緩解，所謂「道思作頌」，不過是一位偉大的孤獨者的自白罷了。這主要是他「身在江海之上，心存楚闕之下」所致。所以，在他的筆下，「物」只是「心」的被動載體，還沒有交融成為文學的「意境」。這種情形到劉勰時有了根本的改變。「江山之助」與「意境」創造的關係作為一個美

5　董洪利點校：《楚辭集解》，北京古籍出版社1994年版，第4頁。

學命題，自劉氏提出以來，對後世影響很大。陸游《偶讀舊稿有感》云：「揮毫當得江山助，不到瀟湘豈有詩？」翁方綱《詩境篇題放翁書石本後》云：「江山信為詩境開，我酌江山酒一杯。吁嗟放翁一代才，江山氣尚洩不盡，吁嗟詩境曷有窮止哉！」這裡的詩境，就是「意境」。「意境」與自然（如江山）的淵源關係到此便被明確地揭示出來了。

總之，從「意境」本源和「意境」創造的取象範圍兩方面來看，自然景物對於「意境」的創構都具有本質性的重要意義。離開了自然景物，不僅沒有「意境」，也沒有文學。

二、從心理學角度，論述了心與物的關係，提出了「心物交融」的思想，為「情景交融」的「意境」論奠定了理論基礎劉勰繼承了《樂記》「物感」說和莊子、管子的心理學思想，對於心物關係進行了深刻的論述。主要有以下幾個論點：

（一）感物：到大自然中去尋找意象和激發情感。《文心雕龍》〈物色〉篇云：「詩人感物，聯類不窮，流連萬象之際，沉吟視聽之區。」〈明詩〉篇也云：「人稟七情，應物斯感，感物吟志，莫非自然。」這裡的「感物」，就是《樂記》所說的「人心之感於物也」。這裡的「感」，是指人的感覺，即視覺、聽覺、味覺、嗅覺、觸覺和心覺等。這裡的「物」，王元化先生說：「可解釋作客體，指自然對象而言。」[6]這裡有一個問題被人們忽視了，這就是主體帶著「情」去感物，還是不帶「情」去感物？在劉勰之前，有兩種看法：一種以《樂記》為代表，認為主體是帶著「情」去感物的。從本源上看，「情」也是感物的結果。但是，人類一旦獲得了「情」，這情便獲得了主體性，成為「人心」的

6　王元化：《文心雕龍創作論》，上海古籍出版社1979年版，第73頁。

客觀存在。當人帶著創作的目的去感物時，人心並非是一個空白的結構，而是充滿了情感和慾望的。所謂「零度的作者」是不存在的。由於人的心情不同，感物的結果，就會產生不同的音樂。《樂記》云：

> 是故其哀心感者，其聲噍以殺；其樂心感者，其聲嘽以緩；其喜心感者，其聲發以散；其怒心感者，其聲粗以屬；其敬心感者，其聲直以廉；其愛心感者，其聲和以柔。六者非性也，感於物而後動。

這樣的「感物」，就是「人化物」。「人化物也者，滅天理而窮人欲者也。」這是一個主體移情的心理過程。如果這「情」是惡的，那麼「窮人欲」必然會遮蔽主體對「物」的正確認識，造成「滅天理」的惡果。「是故先王慎所以感之者」，於是用「禮樂行政」來「同民心」，以達到「出治道」的政治目的。可見在中國美學中，「人化」概念的提出是很早的。

「人化物」其中也蘊含著「自然的人化」意思。這種思想在《文心雕龍》中有所反映，即是「人稟七情，應物斯感」，還有〈詮賦〉篇的「物以情觀」。

另一種以《管子》為代表。認為，「心之在體，君之位也；九竅之有職，官之分也」（《管子》〈心術〉）。在感物之前，主體之心充溢著情欲。所以，「夫心有欲者，物過而目不見，聲至而耳不聞也」。他將心比作宮室，將耳目喻為門戶。內心充滿了情慾，就堵塞了通往內外的門戶，也就無法感物了。所以，《管子》主張「潔其宮，開其門」。只有「虛其欲，神將入舍；掃除不潔，神乃留處」。因此，只有虛靜，才能感物。所謂虛靜，就是「無藏也」。這是一種「無求」、「無慮」的虛靜心態。以這種心態去感物，則如「影之象形，響之應聲也，故物

至則應」。由此可見，這是一種主張主體不帶「情」感物的觀點。它在《文心雕龍》中也有所反映，如〈神思〉篇云：「陶鈞文思，貴在虛靜，疏瀹五藏，澡雪精神。」[7]

這兩種觀點皆有可取之處，即不帶情感物，能體悟物之精妙；而帶情感物，又能暢顯主體之胸懷。所以，劉勰在《文心雕龍》中對這兩種觀點兼收並取，熔鑄成一家之言。這種觀點影響到後世，便有邵雍和王國維的「以物觀物」和「以我觀物」的觀點。總之，劉勰主張淡泊名利，虛靜感物，或「觸物圓覽」（〈比興〉），從中取象；或「睹物興情」（〈詮賦〉），由此攝情。有了「情」與「象」，便可進一步創構藝術意境了。當然，詩人感物與常人感物是不同的。宗白華先生在《新詩略談》中說，詩人感物是六官齊敞，全方位的投入，「感覺自然的呼吸，窺測自然的神秘，聽自然的音調，觀自然的圖畫」。因為，「象」的根本在自然界，詩人應「在自然中活動」；「情」的源泉在社會裡，詩人也要「在社會中活動」；最終在「人性與自然」的關係中，營造藝術意境。

（二）神遊：審美意象的內部創構。「意境」創構的原料是「情」與「象」（或景），這在某種程度上就決定了「意境」創構的靈感和思維方式有不同的特點。劉勰是在心與物、情與景和人與自然的關係中來論述這一問題的。首先，他認為，「意境」創構的靈感要在人與自然的交往中去攬取。〈物色〉篇贊曰：「山沓水匝，樹雜雲合；目既往還，心亦吐納。春日遲遲，秋風颯颯；情往似贈，興來如答。」創作主體在對自然景物的觀察（目既往還）、體驗（心亦吐納）和移情（情往似贈）

7　關於劉氏「虛靜」說，有人以為受老莊影響，有人以為繼荀子餘緒，而我以為受《管子》〈心術〉影響的可能性更大。

的過程中，獲取了寫作的靈感（興來如答）。而且，創作主體向自然景物中投入多少情感，也就會收穫多少靈感。所以，自然景物對於創作靈感的獲取是極為重要的。其次，他認為，「意境」創構的思維方式是「神與物游」。〈神思〉篇云：「故思理為妙，神與物游。神居胸臆，而志氣統其關鍵；物沿耳目，而辭令管其樞機。」這種思維的特點是主體的精神與物像交相映顯、同步活動。和其他思維方式相同的是，要有主體理性（志氣）的調控和語言概念（辭令）的參與；其不同之處便是「神與物游」。這個説法本源於莊子。《莊子》〈人間世〉云：「乘物以游心。」物是心的載體，心游即物游，物游即心游，兩者同趨共進，方向是一致的。但在劉勰這裡卻有了微妙的變化：「物沿耳目」，是物向神的方向運動；「情往似贈」，是神朝物的方向運動；「才（包括神在內）與風雲而並驅」，是神與物同步運動。因此，所謂的「神與物游」，至少是神、物兩個方向三種方式的運動。兩個方向，除了上文談到者外，〈詮賦〉篇也談到了這個問題，即：「情以物興」，物→神運動，客體走向主體，入也；「物以情觀」，神→物運動，主體走向客體，出也。所以，「神與物游」是主客體的雙邊活動。關於這一點，劉永濟先生曾作過十分精彩的論述。[8]「神與物游」的思維過程，大致可以劃分為三個階段：一是「感物」階段。有兩種情形，即「或物來動情，或情往感物」；二是「神遊」階段，有兩個方向三種方式的活動，即物→神、神→物、神⇆物，最後「即物即情，融合無間」，完成審美意象的內部創構；三是「比興」階段，審美意象的藝術表達。

（三）比興：審美意象的藝術表達。要將神遊階段內部創構的審美意象外化出來，最終完成藝術意境的創造。這就是劉勰所説的「獨照

8　參閱劉永濟：《文心雕龍校釋》，中華書局1962年版，第116-117頁。

之匠，窺意象而運斤」。在這個階段，仍然要處理好「情」與「物」的關係，如〈明詩〉篇云：「婉轉附物，怊悵切情」；「感物吟志」。〈情采〉篇云：「綜述性靈，敷寫器象。」有三點值得指出來：其一，情與物、意與象之間是通過「比興」的手法溝通、交融和結合的。〈比興〉篇云：「比者，附也，附理；興者，起也，起情。」這是說，創作主體帶情感物（物以情觀），是先有情在心，於是以情為模子去尋找合情之物，再將情（或理）「附」在其上，這種方法叫作「比」；創作主體不帶情感物（情以物興），是心中無情（即虛靜），於是如落石激浪，物就會在心中興「起」情感，這種方法叫作「興」。李仲蒙說：「索物以托情，謂之比，情附物者也；觸物以起情，謂之興，物動情者也。」（見胡寅《致李叔易書》）這話是劉勰觀點的最好註腳，他將劉勰沒有說出的道理說出來了。〈比興〉篇還說：「物雖胡越，合則肝膽。」情與物、意與像甚至物與物之間有時南越北胡，差之千里；但用了「比興」手法之後，便如肝膽一般相合無間。比興若熔爐，將「情」與「物」、「意」與「象」和「物」與「物」融合一體，構成「意境」。

其二，涉及了「意境」的創構。〈物色〉篇云：「寫氣圖貌，既隨物以宛轉；屬采附聲，亦與心而徘徊。」這就是劉永濟先生所說的「敷采設藻」的「意境」創構，也有兩種情形，即或「寫吾情域所包之物」，或「狀吾情識所變之物」。他還對此作了更深入的闡述：

蓋神物交融，亦有分別，有物來動情者焉，有情往感物者焉：物來動情者，情隨物遷，彼物像之慘舒，即吾心之憂虞也，故曰「隨物宛轉」；情往感物者，物因情變，以內心之悲樂，為外境之歡戚也，故曰「與心徘徊」。前者文家謂之無我之境，或曰寫境；後者文家謂之有我之境，或曰造境。前者我為被動，後者我為主動。被動者，一心澄

然，因物而動，故但寫物之妙境，而吾心閑靜之趣，亦在其中，雖曰
無我，實亦有我；主動者，萬物自如，緣情而異，故雖抒人之幽情，
而外物聲采之美，亦由以見，雖曰造境，實同寫境。是以純境固不足
以謂文，純情亦不足以稱美，善為文者，必在情境交融，物我雙會之
際矣。雖然，行文之時，變亦至夥，或觸境以生情，或緣情而布境，
或寫物即以言情，或物我分寫而彼此輝映，初無定法，要在研諷之
時，體會出之耳。[9]

　　這段話道盡「意境」創構之複雜，之微妙，乃為不刊之論。

　　其三，文學意境及其形態。那麼，什麼是文學意境呢？如按照後
世人的理解，「意境」就是「情景交融」的文學形象。如果把《文心雕
龍》中的「物」看作「景」，那麼，這種思想則俯拾即是。諸如「婉轉
附物，怊悵切情」，這是説「情附物」（情→物），「物切情」（物→情），
你來我往，交融雙會。正如劉永濟先生所分析的那樣，這還只是「情
物交融」的兩種形態，即主動交融和被動交融。除此之外，還有一種
更為理想的交融方式，這就是「即情即物」的同步交融。《文心雕龍》
〈神思〉篇贊曰「神用象通，情變所孕。物以貌求，心以理應」，同步
交融，產生「意象」，就是如此。因為，在心物之間、神像之域，「貌
求」與「理應」是同步進行的。這裡，劉勰已明確地提出了「心物交
融」的思想，為後來「情景交融」思想的產生，拋了一塊引玉之磚。

　　值得特別指出的是，劉勰還有一些更為閃光的思想礦藏有待發
掘。有兩點：一是劉勰所謂的「情物交融」有兩個層次。第一個層次，
在「物」的內部，「物情」與「物貌」交融，「形似」與「神似」統一。

9　劉永濟：《文心雕龍校釋》，第180-181頁。

這是劉勰針對六朝作家片面追求「形似」的誤區，而提出來的「物境」創構的美學思想。劉勰說「自近代以來，文貴形似，窺情風景之上，鑽貌草木之中」（《文心雕龍》〈物色〉），跌入了「極貌以寫物」（《文心雕龍》〈明詩〉）的誤區。他認為，正確的寫物是「以少總多，情貌無遺矣」。在《文心雕龍》中，「情」有兩義，一為物之情態，一為人之情感。這裡指物之情態，類若神似，與上文之「形似」相對言。就是說，應該用藝術概括（以少總多）的方法去寫物境，使其形神兼備，「情貌無遺」。例如：「皎日嘒星，一言窮理。」《詩經》〈召南〉〈小星〉狀寫「小星」時，有「嘒彼小星，三五在東」的詩句。朱熹注云：「嘒，微貌；三五，言其稀。」雖一字形容，小星之情貌畢現，在讀者腦屏上立顯出一幅「月明星稀」的物境圖畫來了。第二個層次，才是人與自然的「情物交融」，即人之情感與物之情貌的審美統一，形成「意境」。這層道理，上文言之已明，不再述論。這兩個層次在多數情況下是交融不分的，即物境與情境達到審美統一，最後形成「意境」。如小星之物境，朱熹說：「興也。」李澤厚先生認為，「『興』是創造『情景交融』的意境的方式」。[10]至於小星興指何人，歷來看法不一：或婦人，或妓女，或小官吏，或文王及臣僚等等。[11]總之，人之情感與小星情貌（第一層次：「物境」）通過「興」的方式，構成「意境」。

二是對文學意境的全面揭示。「情景交融」只是「意境」的一般美學特徵。它呈現在不同的藝術門類中，便具有各自不同的審美形態，畫境不同於樂境，詩境又別於書境。文學意境實際上就是語言意境。作家內心的「意象」（《文心雕龍》〈神思〉），通過「沿隱以至顯，因

---

10 李澤厚：《華夏美學》，中外文化出版公司1989年版，第160頁。

11 蘇東天：《詩經辨義》，浙江古籍出版社1992年版，第45-46頁。

內而符外」(《文心雕龍》〈體性〉)的心靈走廊，再用語言文字把它書
寫到紙面上來，就成了語言意境。但是，這種語言並非一般的日常語
言，而是「情采」紛呈的文學語言。所謂「情」，指「情」「志」「理」
「意」，是作家的思想感情，屬於「意」的範疇，是文學的內容要素；
所謂「采」，指對偶、聲律、辭藻、物像，是作家思想感情的載體，屬
於「境」的範疇，是文學的形式要素。具體地說，「綜述性靈」，是
「情」，是「質」；「敷寫器象」，是「采」，是「文」。在「情」與「采」
兩者之間，「情」為主，「采」為賓，「采」要為「情」服務。這就是劉
勰「為情而造文」(《文心雕龍》〈情采〉)的美學思想。否則，「繁采
寡情，味之必厭」，就不會有好的審美效果。因此，在劉勰看來，最理
想的文學意境應該是意象交融、情采兼顧、文質彬彬，「視之則錦繪，
聽之則絲簧，味之則甘腴，佩之則芬芳」(《文心雕龍》〈總術〉)，其
文采如畫，音節似樂，精義內隱如美味，風格外顯似芬芳，使讀者的
視覺、聽覺、味覺、嗅覺和心覺獲得全方位的美感滿足。所以，文學
意境並不是一個「情景交融」的二元結構，而是內容豐富的多元結構。
關於這一點，宗白華先生就曾有過十分精到的論述。他說：

　　藝術意境之表現於作品，就是要透過秩序的網幕，使鴻蒙之理閃
閃發光。這秩序的網幕，是由各個藝術家的意匠，組織線、點、光、
色、形體、聲音或文字，成為有機諧和的藝術形式，以表出意境。[12]

　　這「秩序的網幕」，就是藝術形式的網幕。藝術表達之前的意境，
即作家、藝術家心中的「意境」，還是一個飄忽不定、無法捉摸的東

12　宗白華：《藝境》，北京大學出版社1987年版，第158頁。

西。它還只是屬於藝術家佀人所有的「意境」。一旦將它從「秩序的網幕」上顯現出來，它才成為穩定的可以捉摸的東西。這才是屬於古今中外人人所有的真正的藝術意境。各門藝術都有它各自的藝術形式，也就有各自的「秩序的網幕」。同一個人，可以在平面、凹面和凸面等不同的鏡子裡，顯現其千形百態的形象。同樣，藝術家心中的同一個「意境」，也可以在繪畫、音樂、舞蹈、戲曲等不同藝術門類的「秩序的網幕」上，顯現出畫境、樂境、舞境和曲境等不同的「意境」審美形態。那麼，在劉勰看來，文學的意境，就是作家心中的「意境」（即「意象」），在由對偶、聲律、辭藻、物像等構成的「秩序的網幕」上，顯現出來的具有視覺美（如畫）、聽覺美（如樂）、味覺美（如美味）、嗅覺美（如芳香）等綜合美感效果的審美意境。這個觀點是很有價值的。

最後，簡單地談談劉勰關於「意境」形態的思想萌芽。從上文所引中看到，劉永濟先生在劉勰思想的「蠶繭」裡，抽繹出「有我之境」與「無我之境」、「寫境」與「造境」的美麗的絲（思）線來。這說明在劉勰的「意境」美學思想裡，已經產生了「意境」形態的一些思想萌芽。

（四）尚隱：對於文學「虛境」的追求。早在魏初，荀粲就提出了「象外」概念。他說：「斯則像外之意，系表之言，固蘊而不出矣。」（《三國志》〈魏志〉〈荀彧傳〉注經何劭《荀粲傳》）後來，僧衛、宗炳和謝赫等人也使用了「象外」的概念，使「意境」內涵由「實境」延展到了「虛境」的區域。但是，「象外」之言、象、意是如何產生的？大多語焉不詳。劉勰認為，「象外」之「虛境」是通過「隱」的方式創構的。《文心雕龍》對「隱」作了較為全面而系統的論述，由此表現出了「尚隱」的美學思想。

其一，「隱」的思想根源於「玄宗」。《文心雕龍》〈體性〉篇云：「遠奧者，馥采典文，經理玄宗者也。」「玄宗」，指釋家[13]。劉永濟《校釋》云：「『馥』當作『復』，『典』當作『曲』，皆字形之誤。」

又云：「復者，隱復也；曲者，深曲也。……舍人每以復、隱、曲、奧等詞連用。」所以，「遠奧」就是「隱」，本源於釋家。

其二，「隱」的表現領域和代表作家。「隱」雖本源於釋家，但卻表現在聖人的經典中。[14]《易經》「精義以曲隱」，《春秋》「微辭以婉晦」，這些都是「隱義以藏用」的經典之作（《文心雕龍》〈徵聖〉）。又說：「《春秋》則觀辭立曉，而訪義方隱。」（《文心雕龍》〈宗經〉）

所以，劉勰得出結論說「經典沉深」，「經籍深富」（《文心雕龍》〈事類〉）。在文學方面，代表性的作家有揚雄和陸機二人。《文心雕龍》〈體性〉篇云：「子雲沉寂，故志隱而味深。」、「士衡矜重，故情繁而辭隱。」《文心雕龍》〈才略〉篇也云：「子雲屬意，辭義最深。」

其三，「隱」的方法。[15]有三種：一是「以少總多」的藝術概括法；二是「興」法，即「寄託」法。「興」即「隱」，其方法是「依微以擬議」，或「環譬以托諷」的寄託。「觀夫興之托喻，婉而成章，稱名也小，取類也大。」（《文心雕龍》〈比興〉）三是「復意」法。《文心雕龍》〈隱秀〉篇云：「隱以復意為工。」周振甫先生注云：「復意，猶兩重意思，一是字面的意思，一是言外之意。」後來，皎然由「二重意」發展為「三重意」、「四重意」。

---

13 周振甫《文心雕龍選釋》認為，「玄宗」是指道家。丁福保《佛學大辭典》云：「玄宗，佛教之通名。」因此，應為釋家。

14 馬宏山認為，《文心雕龍》本乎佛家之道，以佛統儒，佛、儒合一（見《文心雕龍散論》，新疆人民出版社1982年版，第1頁）。

15 〈徵聖〉云：「隱顯異術」，就是說「隱」與「顯」的方法不同，其中談到了「隱」的方法。

　　其四，「隱」的概念內涵與本質。《文心雕龍》〈隱秀〉篇云：「隱也者，文外之重旨者也。」在張戒《歲寒堂詩話》裡還保留著〈隱秀〉佚文中的兩句話，其中一句說：「情在詞外曰隱。」由此可見，隱含在「文」、「詞」之外的思想感情，便是「隱」。「隱」的本質特點就是追求「文外」之意，即「隱之為體，義生文外」。這是文學創作和欣賞規律所決定的。從創作看，「思表纖旨，文外曲致，言所不追，筆固知止」（《文心雕龍》〈神思〉）。這是由語言的侷限性所造成的，「意翻空而易奇，言徵實而難巧」，因而「隱」是一個藏拙的好辦法，與其表達不盡，不若隱而少言。從欣賞看，一覽無餘是不好的，只有「餘味曲包」才美。所以，「隱」就是必不可少的了。

　　其五，「虛境」的創構。劉氏所謂的「物色盡而情有餘」（《文心雕龍》〈物色〉），就是指「虛境」而言。「情有餘」，余在何處？余在「隱」處！那麼，如何隱？大致說來，有兩種「隱」法，一是「內隱」，即隱於字裡縫間，求其「深」；二是「外隱」，即隱於文詞之外，求其「遠」。深則「辭約而旨豐」，遠則「事近而喻遠」（《文心雕龍》〈宗經〉）。只有這樣，才能創構出「深文隱蔚，餘味曲包」的虛境來。一個完美的文學意境，是由實境的「情景交融」與虛境的「象外之情、景」合構而成的。如圖所示：

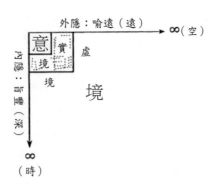

　　虛境的審美效果是「餘味」。這又道出了「味」與「意境」的審美關係。光有「實境」是死境，有了「虛境」才是活境，才是靈境，也就有了「餘味」，有了無窮的藝術生命力。只有如此，「文章歲久而彌光」(《文心雕龍》〈指瑕〉)，因為「往者雖舊，餘味日新」(《文心雕龍》〈宗經〉)。所以，優秀的文學意境，諸如唐詩之境與宋詞之境等，是永垂不朽的！正如曹丕所說，文學的創作也就成為「不朽之盛事」了。

　　其六，創構「虛境」的藝術原則。《文心雕龍》〈隱秀〉云：「或有晦塞為深，雖奧非隱。」他認為，「奧」與「隱」不是一回事兒。「奧」即是「晦塞」。文義暗澀為「晦」，讀者難懂為「塞」。有的人故作高深，使文晦塞難懂；有的人賣弄學識，以難字怪詞嚇人，都不是「隱」。真正的「隱」是「自然會妙」，或若「秘響旁通，伏采潛發」；或如「爻象之變互體，川瀆之韞珠玉」，使文外之「餘味」，自然而然地「曲包」在文詞意象之內，從而構成「虛境」。這是創構「虛境」的一條藝術原則。

　　三、「意境」術語的創構與運用在《文心雕龍》中，運用了「象」「意象」和「境」等「意境」術語。先說「象」。《文心雕龍》共用「象」二十一次，分佈在十三篇之中。其中有「物像」義，如〈原道〉篇云：「日月疊璧，以垂麗天之象。」〈神思〉篇云：「神用象通，情變所孕。」這裡「神用象通」與「神與物游」同義。也有「形象」義，如〈情采〉篇云：「綜述性靈，敷寫器象。」形而下者謂之器，器即形，器象即形象，〈比興〉篇云：「凡斯切象，皆『比』義也。」次說「意象」。雖只一見，意義卻非同尋常。在劉勰以前，「意」與「象」基本上是分開用的，而且多侷限於「易學」之中。只有東漢王充的《論衡》〈亂龍〉篇合用「意象」一例，從「立意於象」看，雖略窺「意象」奧秘，但「意」與「象」兩個術語，還是分開用的，並未真正合成一個術語。所以，

目前學界有人對此篇有誤解，以為是王充首先提出了「意象」概念。我不同意這種看法，認為是劉勰第一次將兩字合鑄成一詞，創構了「意象」這個術語，而且第一次運用在文藝理論中。它是「心物交融」的產物，對後來的中國詩學和美學，特別是「意境」美學具有革命性的意義。後說「境」。阮國華先生說：「除〈隱秀〉補文外，《文心雕龍》全文無一『境』字。」[16]這話是不準確的。事實上，除〈隱秀〉補文中用了一例「境」字（即「境玄思淡」）外，還用了兩例「境」字。一例是，〈詮賦〉篇云：「與詩畫境」；另一例是，〈論說〉篇云：「動極神源，其般若之絕境乎？」前者是「境」的本義，後者是「佛境界」義，但都不像補文中的「境」那樣具有範疇意義。總之，對於「意境」美學來說，劉勰的貢獻是鑄造並在文論中使用了「意象」術語；還先後在〈原道〉篇與〈書記〉篇中運用了「取象」一詞，雖不是針對文學而說，但畢竟用在了文論著作之中。這些對於後來的文論家在「意境」美學的術語使用上，都有一定的影響。綜上所述，劉勰的「意境」美學思想主要表現在三個方面：一是從文化淵源上，論述了自然景物對於文學起源和「意境」取象的重要意義，初步解決了文學意境萌生的文化根源問題；二是從文藝心理學角度，對感物《直齋書錄解題》等，都認為王昌齡作有《詩格》一書。元代辛文房《唐取象、意境內構、藝術表達和虛境追求等文學意境的藝術創造問題，進行了全面而系統的論述；三是「意境」術語的創構和運用，雖然其始也簡，但卻垂澤久遠。劉勰的「意境」美學思想豐富精彩，是對他以前的「意境」觀念的理論總結，又為後世的「意境」範疇形成奠定了一個全面而堅實的理論基礎。

16　《文心雕龍學刊》第6輯，第106頁。

第二節　王昌齡首創「意境」範疇

在「意境」美學發展史上，王昌齡是一位重要的人物。有人說：「王昌齡的詩歌『意境』理論是劉勰的『意象』說到唐代詩境說的中間環節。」[17]這話很對。

但是，關於《詩格》是否王昌齡所作，向來爭議不決。從北宋歐陽修和宋祁的《新唐書》、蔡傳輯錄的《吟窗雜錄》（部分）到南宋陳振孫才子傳》、明代胡文煥《詩法統宗》和清代顧龍振《詩學指南》等，都沿用宋人的說法。但是，清朝官修的《四庫全書總目提要》卻對前人的說法大加否定，以為是後人「依託」之作。此說一出，影響很大。直到二十世紀八十年代，此說在學界還占有主導地位。在一九八六年出版的《中國大百科全書》〈中國文學〉卷中，周振甫先生撰「意境」條指出：「但《詩格》是偽作，幾成定論。」傅璇琮先生撰「王昌齡」條持保留態度，指出：「至於現存的《詩格》和《詩中密旨》是否即王昌齡原著，則尚待考證。」

對此問題有突破性貢獻的一件事，就是《文鏡秘府論》的重新發現。清光緒六年（1880），楊守敬赴日本考察。在日期間，他到處訪求中國散佚在日本的古籍文獻，著有《日本訪書志》。在該書的卷十三中，介紹了古鈔本的《文鏡秘府論》。這件事引起了國人的關注，也促進了關於王昌齡的研究。一九四三年，羅根澤先生就根據《文鏡秘府論》的材料斷定其中的「十七勢」、「論文意」等，「為真本王昌齡《詩格》的殘存」。認為，「遍照金剛以前的研究詩格、詩勢而姓王的，只有王昌齡一人」，所以，「知作者是王昌齡」。[18]接著，又發現了遍照金

17　吳紅英：《王昌齡的詩歌意境理論初探》，《重慶師院學報》1993年第1期。

18　羅根澤：《中國文學批評史》（二），上海古籍出版社1984年版，第30頁。

剛《書劉希夷集獻納表》中的一條資料，云：

> 王昌齡《詩格》一卷，此是在唐之日，於作者邊偶得此書。古詩格等雖有數家，近代才子，切愛此格。[19]

陸心源《唐文續拾》卷十六也收有這條資料，題作《獻書表》。這條資料對於王氏的著作權是一個有力的確證。七十年代末，美國華裔學者、密歇根大學人文學系教授李珍華先生在《王昌齡》一書中，就肯定《詩格》為王昌齡所作。一九八八年，李珍華先生又與傅璇琮先生合著《談王昌齡的〈詩格〉》一文，以豐富的材料，詳盡的考證，決心對這部「有爭議的書」，「『結』一個『賬』」。認為「王昌齡《詩格》是真實存在的一部書」，應「在古代文學理論史上占一席之地」。[20]一九九四年，王運熙先生也認為，「《文鏡秘府論》所引王昌齡詩論，當出自王昌齡原著，比較可靠」。並在羅根澤先生考證的基礎上，認為，《文鏡秘府論》天卷《調聲》、地卷《六義》等各節內容，「均采錄王氏詩論」。[21]一九九六年，張伯偉先生結合以上新的研究成果，「將王昌齡《詩格》釐作三卷」，[22]並予以校考。這是目前最為完備翔實的一部《詩格》文本。

綜上所述，我的看法是，《詩格》是王昌齡的一部詩學論著。

王昌齡對於「意境」理論的貢獻，主要有四點：

一是第一次鑄造了「意境」範疇。如果有人將「意境」美學思想

19　弘法大師：《性靈集》卷四。

20　此文載於《文學遺產》1988年第6期。

21　王運熙、楊明：《隋唐五代文學批評史》，第204頁。

22　張伯偉：《全唐五代詩格校考》，陝西人民教育出版社1996年版，第125頁。

的產生完全歸於佛教的影響，我則不敢苟同，因為這不符合「意境」美學史的實際情形；然而王昌齡的「意境」觀念在很大程度上受了佛教的影響，這卻是事實。唐代是佛教中國化的時代，也是中國佛教發展史上的黃金時期。當時，朝野上下，無不信佛；文僧之間，交往頻繁。王昌齡也是如此。他不僅以詩的方式與僧人交遊[23]，而且還以禪意吟詩或以詩參禪，如《宿天竺寺》云：「心超諸境外，了與懸解同。」[24]又詩云：「圓通無有象，聖境不能侵。」（《同王維集青龍寺曇壁上人兄院五韻》）佛經云：「性體周遍曰圓，妙用無礙曰通，乃一切眾生本有之心源，諸佛菩薩所證之聖境也。」（《三藏法數》卷四十六）可見王昌齡對佛經內典熟悉到信手拈來皆成詩句的程度了，因而借禪境談詩境是很自然的事。但是，他的「意境」觀念也並非全是受了佛教的影響，如「物境」、「情境」在佛經中卻找不到根據便是明證。

　　二是第一次明確地論述了「意境」的形態問題。劉勰雖有「意境」形態思想，但那是劉永濟先生抽繹出來的，他本人沒有直說，故不明確。王昌齡卻是明確地將「意境」劃分為「物境」、「情境」和「意境」三種形態，這分別是對山水詩、抒情詩和哲理詩創作經驗的總結。另外，他的「視境於心」的「心境」說，對後世也有影響，如方回的「心境」說與梁啟超的「境者，心造也」的觀點。近年來，人們利用王昌齡的「三境」說來研究「意境」的形態問題，如范寧、陳良運和王洪等人的有關文章（見本書第一章第一節所述），均可見出其悠遠的影響了。

　　三是第一次明確地論述了「意境」的創造問題。首先是「取境」：

23　據統計，李雲逸《王昌齡詩注》中，與僧人交遊的詩有十二首。

24　李雲逸《王昌齡詩注》未收此詩，不知何因。

或到現實生活中「取境」,「處身於境,視境於心」(《詩格》〈詩有三境〉)[25],「目擊其物,便以心擊之,深穿其境」。由於「目睹其物,即入於心」(《詩格》〈論文意〉),便將「外境」內化為「心境」了;當然,也可以「尋味前言,吟諷古制」,到前人的作品中去取境,但這並不是主要的。次為「構境」:或因思而得,「搜求於象,心入於境」,「然後用思,了然境象」;或因靈感而得,「心偶照境,率然而生」(《詩格》),「思若不來,即須放情卻寬之,令境生」。「如其境思不來,不可作也。」(《詩格》)這裡的「境思」即是帶有形象思維特點的靈感,也叫構境思維;而「境象」則是由若干個意象組合而成的內心之境。這是「構境」的產物。最後是「創境」:「境象」一旦形成,到了「瑩然掌中」、信手可拈的時候,便「書之於紙」,並且做到「景與意相兼始好」(《詩格》〈十七勢〉)。這便是由「眼中之境」到「心中之境」再到「手中之境」的「意境」創造的全過程。

四是第一次論述了「意境」的審美特徵。王昌齡認為,詩歌「意境」的審美特徵,表現在作品的三個層面:

一為「意象」層。要有意,有像,兩者要相兼,而不能偏廢。「若有物色,無意興,雖巧亦無處用之。」或者「景語若多,與意相兼不緊,雖理通亦無味」。他還舉了一個極端的例子,說:「詩有『明月下山頭,天河橫戍樓。白雲千萬里,滄江朝夕流。浦沙望如雪,松風聽似秋。不覺煙霞曙,花鳥亂芳洲。』並是物色,無安身處,不知何事如此也。」(《詩格》〈論文意〉)按說,此詩中仍有「身」(即「人」)在:人在「戍樓」之內,顯然是個值夜哨的兵士;一「望」,一「聽」,一「覺」,一「亂」,都是寫他對周圍景物的感覺。問題是看不出他的

25　引文皆以張伯偉先生的「校考本」為準,下同。

「意」來，故被王氏當作「無意興」之特例舉出。反過來說，有意無景，也不行。「若一向言意，詩中不妙及無味」。那麼，最好是將「意」與「景」兩者結合起來，才能給人帶來美感（即有味）。「景物與意愜者相兼道」；「物色兼意下為好」；「景物兼意入興」；「昏旦景色，四時氣象，皆以意排之，令有次序，令兼意說之為妙」等等，就是這一美學思想的表述。這是後世「情景交融」說的濫觴。

二為「象外」層。《詩格》卷中「常用體十四」有「象外語體」和「象外比體」。雖對此沒有解釋，但從所舉的詩例中可窺知一二。如謝玄暉詩「孤燈耿宵夢，清鏡悲曉發」，其孤獨難耐、青春虛度之情溢於言外，故為「象外語」；魏文帝詩《善哉行》中，「高山有崖，林木有枝」，是人人皆知之常識；而「憂來無方，人莫之知」。以易知比難知，其抒發「人生如寄」之情恰在比象之外，故為「象外比」。所謂「象外」層，是對「意象」層的超越。意象層要歷歷如在眼前，有「目擊」之快感。也就是王氏自己所說的：「至於景象，怳然有如目擊。」而像外層則是把意思藏起來，不直說，只是以「象」暗示。用王氏的話說，就是：「常須含思，不得令語盡思窮。或深意堪愁，不可具說，即上句為意語，下句以一景物堪愁，與深意相愜便道。」（《詩格》〈十七勢〉）

三為「語境」層。詩歌意境最終要用語言文字表達，故有語境層。從一般方法論上說，「意境」的表達，可以「上句言意，下句言狀；上句言狀，下句言意」；也可以「第四、第五句直樹景物，後入其意」。其實，這也無一定的模式（即「帖」）。「語不用合帖，須直道天真，宛媚為上。」（《詩格》〈調聲〉）但有一點是必須遵守的，就是「言其狀，須似其景」。狀，象也，或景物，即意象。就是王氏所說的「以此見象，心中了見」，「照之須了見其象」（《詩格》〈論文意〉）的意象。

總之，「意象」層、「象外」層和「語境」層三者合一，便既是「意

境」的審美特徵，也是王氏「意境」説的基本內涵。這種美學思想，對於唐宋以後的「意境」理論具有重大的影響。

綜上所述，王昌齡具備了這「四個第一」，便奠定了他在「意境」美學發展史上的地位。他的「意境」説標誌著「意境」美學的正式形成。

在《詩格》中，王昌齡曾先後引用自己的詩句達三十四次之多。這除了自己的詩使用方便之外，還説明他的詩最具有「意境」特點。諸如「空林網夕陽，寒鳥赴荒園」（《灞上閒居》）；「清箏向明月，半夜春風來」（《古意》）；「意遠風雪苦，時來江山春」（《琴》）；「山水清暉遠，俱憐一逐臣」（《武陵田太守席送司馬盧溪》）；「春江愁送君，蕙草生氛氳」（《送別》）；「寒雁春深歸去盡，出門腸斷草萋萋」（《春怨》）。皆是意境美之佳例。

王昌齡詩的意境美特點，古人也是有所認識的。現舉清人黃生《唐詩評》為例，説明如下。

王昌齡《從軍行》二首詩。黃生在「高高秋月照長城」句下批曰：「景中含情」。總評曰：「前首以海風為景，以羌笛為事，景在事前。此首以琵琶為事，以秋月為景，景在事後，當觀其變調。」[26]

王昌齡《李倉曹宅夜飲》詩。黃生評「青山明月夢中看」一句云：「詩中説夢極平常，卻用『青山』、『明月』四字，在情中襯出景來，便出色好看。」（第313頁）

王昌齡《盧溪別人》詩。黃生評「溪水隨君向北流」一句云：「寓已相送之懷，別情與溪水俱長也。……即景寓情法也。」（第317頁）

26　〔清〕黃生等撰：《唐詩評三種》，黃山書社1995年版，第31頁。以下所引，只注明該書頁數。

這是「意境」的「意象」層的審美特徵的具體表現。

王昌齡《送別魏二》詩。黃生評「憶君遙在湘山月，愁聽清猿夢裡長」說，「兩句具六層意」。哪六層意，並未明言。朱之荊補評云：「為他寫出淒其，以襯出我之淒其也，此對面著筆法。我憶君，君夢我，又交互法。」（第315頁）諸如此類詩，寓意於象，境深難測。故明人陸時雍《詩鏡總論》評云：「昌齡之意象深矣。」

王昌齡《送程六》詩。黃生在「片片舟中雲向西」句下批云：「意在言外。」又評云：「雲且西向，離人能不目送行雲一相憶乎？」（第317頁）

這是「意境」的「象外層」的審美特徵的具體表現。

王昌齡《春宮怨》詩。黃生在「簾外春寒賜錦袍」句下批云：「意在言外。」又評云：「簾外春寒，不獨一人受之；錦袍之賜，獨及平陽新寵，君恩之偏，亦甚矣。……語脈深婉，不露怨意。」（第307-308頁）

王昌齡《閨怨》詩。黃生評云：「語境一新，情思婉折。閨情之作，當推此首第一。此即《國風》婦人感時物而思君子之意，含情甚正，含味甚長。唐人絕句，實具風雅遺音。」（第311頁）

這是意境的「語境層」的審美特徵的具體表現。

總之，王昌齡自己的詩既寫得富有詩情畫意，又蘊藉含蓄。其《西宮春怨》詩云：「斜抱雲和深見月，朦朧樹色隱昭陽。」此「深」，此「隱」，此「朦朧」，也正是王氏自己詩歌意境的審美特點，並從意象層、象外層和語境層對自己的「意境」理論進行了全面的確證。

王昌齡結合自己的詩歌創作經驗，對「意境」的創構談出一番絕妙的道理來。他說：

　　旦日出初，河山林嶂涯壁間，宿霧及氣靄，皆隨日色照著處便開。觸物皆發光色者，因霧氣濕著處，被日照水光發。至日午，氣靄雖盡，陽氣正甚，萬物矇蔽，卻不堪用。至晚間，氣靄未起，陽氣稍歇，萬物澄靜，遙目此乃堪用。至於一物，皆成光色，此時乃堪用思。（《詩格》〈論文意〉）

　　晨景與暮景，朝霞與夕照，最堪圖畫。因為，層次豐富，光色斑爛，動態多姿，亦最惹人神思。中午之景，霧氣散盡，萬物無有遮攔，一覽無餘，且少層次而欠動感，故不宜入畫。寫詩也是如此。只有取象於旦暮之際和光色氣韻之間，才能有「意境」之美。王氏觀察之細，體會之微，用心之精，真可服人。

　　王昌齡還對自己《送李邕之秦》詩的意境作了精湛的分析。其詩云：「怨別秦楚深，江中秋雲起。天長夢無隔，月影在寒水。」他分析說：

　　言別怨與（王利器先生疑「與」當作「如」）秦楚之深遠也。別怨起自楚地，既別之後，恐長不見，或偶然而會。以此不定，如雲起上騰於青冥，從風飄蕩，不可復歸其起處，或偶然而歸爾。雖天長，其夢不隔，夜中夢見，疑由相會。有如別，忽覺，乃各一方，互不相見。如月影在水，至曙，水月亦了不見矣。（《詩格》〈十七勢〉）

　　這是王氏對自己詩歌意境的解讀，淋漓盡致，心會玄妙。言別，如風中之云，相逢無定；言夢，若水中之月，更難憑靠。人生聚散，似風中云、水中月，飄忽不定。詩人幾多心思，盡在一「送」之中。這首詩的意境是耐人玩味的。李珍華和傅璇琮二位先生說：「在中國古

代詩人中，分析自己的創作心理有如此周詳的，恐沒有第二例。」[27]

王昌齡受佛教影響，經常出入寺院（如白馬寺、東林寺、香積寺、嵩陽寺、招隱寺、天宮寺、青龍寺、天竺寺等是他足跡常到之處），與僧人廣為交遊（或游，或茶，或飯，或宿，或禮拜，或題詩之類），同時也在詩作中用了不少「境」字，諸如「人境」「聖境」「真境」「逃境」之類。現舉詩例如下：

始窮清源口，壑絕人境異。[28]
築室在人境，遂得真隱情。（第107頁）
圓通無有像，聖境不能侵。（第116頁）
暫因問俗到真境，便欲投誠依道源。（第175頁）
援筆無逃境，遂展千里眺。（第71頁）

最後一例詩題為《觀江淮名勝圖》。所謂「逃境」，是指江淮名勝之境，從畫筆下逃不掉，被盡收畫卷之中。那麼，畫中的江淮名勝之境，就是意境了。這與《詩格》〈論文意〉中「意須出萬人之境」的「意境」相同。因此，王氏首創「意境」範疇和理論，也在情理之中了。這是他詩歌創作經驗和鑑賞經驗理論總結和昇華的必然結果。

第三節　皎然的「取境」說

在皎然的《詩議》、《詩式》中，談論的詩學問題較多，其中也談

27　《談王昌齡的〈詩格〉》，《文學遺產》1988年第6期。

28　李雲逸：《王昌齡詩注》，上海古籍出版社1984年版，第24頁。以下引詩只注該書頁數。

到了「意境」問題。傅璇琮先生主編的《中國詩學大辭典》在「皎然」與「《詩式》」條中，均指出：《詩式》「闡說意境」，「對司空圖、嚴羽之論詩有一定影響」（第343頁），「在中國古代意境理論形成過程中是一個重要環節」（第153頁）。這個評價是切合實際的。

皎然論詩重視「意境」，與佛教有密切的關係。如果說王昌齡只是受佛教影響的話，而皎然卻成了一個地地道道的佛教徒。「翻譯推南本，何人繼謝公。」（《皎然集》卷一）[29]他從小崇拜的十世祖謝靈運就精通佛學，曾著《辨宗論》，闡發竺道生的「頓悟」之旨；還參與重譯和整理《大般涅槃經》三十六卷，世稱「南本」。天寶後期，皎然在杭州靈隱寺受戒出家，實現了自己「繼謝公」的夙願。他久居吳興杼山妙喜寺，博覽佛典，與處士陸羽、張志和、僧靈澈等人為友；同時，也廣涉經史諸子，吟詩作文，成為「江東名僧」。他的著作較多，除詩文集和詩論之外，還撰有《儒釋交遊錄》、《內典類聚》共四十卷。

皎然作詩崇尚乃祖，能備眾體，名望很高。嚴羽《滄浪詩話》評云：「釋皎然之詩，在唐諸僧之上。」於由頁《吳興晝上人文集序》也說：「極於緣情綺靡，故詞多芳澤；師古典制，故律尚清壯。」所以，「江南詞人，莫不楷範」。但是，仔細品味他的詩歌，具有濃郁的釋理禪趣。與「意境」有關係的一個明顯的特點便是，他從佛經中拈出一個「境」字，經常寫入詩歌中。據不完全統計，在《皎然集》中，含有「境」字的詩句，約有三十多首。這些詩句有少部分談禪，而多數則是談論詩歌的「意境」問題。此處不一一列舉，將在下文中涉及。

皎然對於「意境」理論的特殊貢獻是提出了「取境」說。在他之

29　皎然詩題均很長，故只註明書名、卷數。本節採用《全唐詩》本，第二十三冊，中華書局1960年版。

前，荀子和劉勰都談到了「取象」問題，或關乎《禮》，或關乎《易》，與詩無關且不說，還欠周詳。皎然繼承了前人的「取象」說。他談「意境」時，就沿用了「取象」一詞，並在此基礎上提出和論述了「取境」問題。所以，他的「意境」理論便以「取境」為核心，也以「取境」為特色。因此，這裡就圍繞「取境」問題，略作評述。

一、取什麼「境」

這是「取境」的前提，關乎對於「境」的理解。皎然雖在詩論中對「境」未作解釋，但在他的含「境」詩句中，卻也能夠窺知其對「境」的基本看法。總括來看，有以下幾種情形。

一曰「禪境」。「釋事情已高，依禪境無擾」（《皎然集》卷一）。「月彩散瑤碧，示君禪中境」（《皎然集》卷一）。所謂「禪境」，也就是能夠體現佛理禪趣的事物，多為自然景物。這種禪境，在皎然詩中，也稱作「靈境」或「勝境」。諸如「披雲得靈境，拂石臨芳洲」（《皎然集》卷三）；「靈境若可托，道情知所從」（《皎然集》卷三）；「何意欲歸山，道高由境勝」（《皎然集》卷四）；「幽期涼未偶，勝境徒自尋」（《皎然集》卷二）；等等。此處的「靈境」、「勝境」即是美境，也是佛光普照之美境。與「禪境」相對應的則是「人境」與「俗境」。諸如「野寺出人境，舍舟登遠峰」（《皎然集》卷七）；「全覺此身離俗境，玄機亦可照迷方」（《皎然集》卷三）。此類詩多是與僧人間的應酬而為，故禪味十足。

二曰「物境」，也叫「外境」。這是以心外之物，特別是以自然景物為境。如「高明依月境，蕭散躡庭芳」（《皎然集》卷二），這是以月為境；「境新耳目換，物遠風煙異。倚石忘世情，援雲得真意」（《皎然集》卷三），這是以風、煙、石、雲等物為境；「望遠涉寒水，懷人在幽境」（《皎然集》卷二），「深居寡憂悔，勝境怡耳目」（《皎然集》卷

三），「境靜萬象真，寄目皆有益」（《皎然集》卷二），等等，這些均指外境言。此是構成「意境」的客觀因素。

三曰「心境」，也叫「內境」。這是「外境」內化的產物，即以「意象」為境。如「心境寒草花，空門青山月」（《皎然集》卷一）。心寒，使草花也寒。此「草花」乃心中之「草花」，或向草花移寒情。這就是一種心境。又如「聲餘月樹動，響盡霜天空。永夜一禪子，泠然心境中」（《皎然集》卷六）。這是以鐘聲的意象為心境。鐘聲，月影，天空，一齊映顯於心境之中。這既是一種審美意象，也是一種審美心境。此是構成「意境」的主觀因素。

四曰「意境」。這是物境與心境的審美統一。如「石語花愁徒自詫，吾心見境盡為非」（《皎然集》卷二）。石會說話，花會發愁，這已不是外在的石與花，而是「心」中所見之「境」，即內在的石與花，或者說是心中之石與心中之花。此乃心中之境，也是意中之境，是石花與心情的審美統一。又如「持此心為境，應堪月夜看」（《皎然集》卷四），將心境與月夜融為一體，這也是意境。

除此四者之外，在皎然詩歌中，還有「境」、「真境」、「絕境」、「空境」、「萬境」、「天境」、「人境」、「靈境」、「俗境」、「幽境」、「勝境」等等。在唐代詩人中，皎然是以「境」入詩最多的詩人，也是用得最活、用得最好，並由此提出「意境」說的偉大詩人。但是，最為重要的還是上文所說的「禪境」、「物境」、「心境」和「意境」四者。對於皎然來說，「禪境」是「意境」的思想源頭之一，「物境」是構成「意境」的客觀因素，「心境」是構成「意境」的主觀因素，而「意境」則是「物境」與「心境」的審美統一。從「詩情緣境發」（《皎然集》卷一）的觀點看，「物境」是「第一性」的，「心境」是「第二性」（指「物境」內化為「意象」）的，「意境」則是「第三性」（指「意象」的外化，即

「物境」與「心境」的審美統一）的。那麼，所謂「取境」，也只能到「物境」中去取了。

當然，我們也應該充分看到禪境對於「意境」的影響。就是說，皎然首先是一位僧人，其次才是一位詩人。作為僧人，他開口「眾妙之門」，閉口「空王之道」，尤喜談論「禪境」；作為詩人，他又尚意重情（如把「意」和「情」作為詩歌的批評標準），談式議法，亦善言說「意境」。這種「詩」、「僧」合一的雙重身分，既體現在他的詩歌作品中，也體現在他的詩學思想，特別是「意境」理論中。如他在《唐蘇州開元寺律和尚墳銘》一文中說：「境非心外，心非境中，兩不相存，兩不相廢。」心外之物非境，心中之情亦非境，那麼這「境」就是「無」，就是「空」了，所以說「兩不相存」；然而，禪宗又認為，法身遍一切境，因而這「境」又無處不在，故說「兩不相廢」。這種矛盾的世界觀表現在「意境」論中，就是：既承認心外之物是「境」，又承認心中之情是「境」；既承認象內之實境，又承認象外之虛境。皎然在《詩議》[30]中有一段談詩境的話就是這樣：「夫境象非一，虛實難明。有可睹而不可取，景也；可聞而不可見，風也；雖繫乎我形，而妙用無體，心也；義貫眾象，而無定質，色也。凡此等，可以偶虛，亦可以偶實。」可見「境」非一端：既是心外之物，如景，如風，如色；又是心中之用，如心。既是象內之實境，如可睹之景，可聞之風，妙用之心，眾象之色；又是象外之虛境，如不可取之景，不可見之風，無體之心，無定質之色。

因此，在皎然看來，「境」包括「物境」「心境」和「意境」三種含義。這與王昌齡的「三境」說是不同的。

---

30 本節引用《詩議》《詩式》原文，取自張伯偉先生的《全唐五代詩格校考》一書。

二、如何「取境」

這屬於美學方法論問題，它取決於「意境」美學觀。皎然基於他的「意境」美學觀，提出了兩種具體的取境方法：一是「取象」與「取義」[31]結合的方法。他認為，「物」即「境」，「心」即「境」，「兩不相廢」。那麼，取境時也要兼顧到這兩個方面，即到現實生活中「取象」，「凡禽魚草木人物名數」之「萬象」，都是採取的對象。這其中，他更強調到大自然中去取境。如「野性配雲泉，詩情屬風景」（《皎然集》卷四），就是到自然風景中去捕捉詩情，因為詩情本來就是與自然風景相匹配的。所以，才說：「月在詩家偏足思，風過客位更多情」（《皎然集》卷三）；「撩亂雲峰好賦詩，嬋娟水月堪為喻」（《皎然集》卷二）；「迨此一登覽，深情見新詩」（《皎然集》卷一）。這裡，月、風、雲、峰、水等景物，便是詩家常取之境。

同時，還要「取義」。「義」也包括兩個方面，或為客觀之意，即「象下之意」，如禽、魚、草、木等所含之意。如雎鳩鳥，《毛傳》云：「摯而有別。」朱熹《詩集傳》云：「生有定偶爾不相亂，偶常並游而不相狎。」這就是雎鳩的「象下之意」；或為主觀之意，即詩人心中之意。如劉勰所說：「關雎有別，故后妃方德。」（《文心雕龍》〈比興〉）由雎鳩鳥「摯而有別」之意想到后妃姒氏「幽閑貞靜之德」（朱熹語），並將兩者結合起來，構成具有象徵意味的「兩重意」（《詩式》）。凡類似此等之意，都是「取義」的對象。根據「假象見意」（《詩式》）的造境原則，取境時要將「取象」和「取義」結合起來，同時進行。

二是「苦思」與「靈感」結合的方法。這一點在王昌齡看來是「構

---

31 「取象」出自《詩式》，《詩議》有「取外象」，本文將兩者合之曰「取境」；「取義」也出自《詩式》；至於「取境」也是皎然原話。

境」，但在皎然看來卻仍是「取境」。就是説，他認為，「境」有物境，有心境。所以，取境時就不僅要到現實生活中去取，也要到詩人自己的心理世界中去取。前者的取法是「取象」與「取義」相結合，後者的取法是「苦思」與「靈感」相結合。劉勰認為，苦思作文，是「傷神」、「伐性」和「驅齡」（《文心雕龍》〈養氣〉）之舉，所以「無務苦慮」，「不必勞情」（〈神思〉），要「投筆」、「逍遙」（〈養氣〉），以待靈感。王昌齡繼承了劉氏的觀點，也反對苦思，「境思不來，不可作也」。劉、王之後，此論大昌。然而，只有皎然持不同看法。他認為，有人説「不要苦思，苦思則喪自然之質。」，「此亦不然。夫不入虎穴，焉得虎子。取境之時，須至難至險，始見奇句。」這在當時以至後來，都是一種新的看法。對於靈感，他也有新的見解。認為，靈感並非「神助」，也不是守株待兔而能濟事的，而是「積思」和「精思」的必然結果。這在當時也是驚世駭俗之論，對後來李贄等人影響很大。因此，他認為，既要在「至難至險」的苦思狀態中取境，又要在「意靜神王」的靈感狀態中取境，有時甚至要將這兩種方法結合起來，同時進行。

三、關於「取境」的審美要求皎然認為，詩歌意境的審美品位、風格和價值，都取決於「取境」。因而他對「取境」問題特別重視，對此提出了六點審美要求：一是「高」，即「情高」（《詩式》），情感境界要高，如「極天高峙，崒焉不群」，「取境偏高，則一首舉體便高」。二是「逸」，即「氣逸」，「意境」氣勢要逸，如「氣騰勢飛，合沓相屬」，有「飛動之趣」，「取境偏逸，則一首舉體便逸」。三是「靜」，即「意靜」，「非如松風不動，林狖未鳴，乃謂意中之靜」，「意境」應如「修江耿耿，萬里無波」，具有閑靜之美。四是「遠」，即「意遠」，「非如渺渺望水，杳杳看山，乃謂意中之遠」。「意境」中「但見情性，不睹文字」，具有「文外之旨」。五是「新」，即創新。「境新耳目換，

物遠風煙異。」（《皎然集》卷三）要用新眼光，看新風，再取新境。見人之所未見，為「至取人之所未取，為「至險」。所以，在「至難至險」處取境，就是新。因此，他反對「偷語」、「偷意」和「偷勢」，反對王昌齡所主張到古人那裡取境。六是「中」，即適中。皎然談取境，反對走極端，一切以適中為美：要苦思，「至苦而無跡」；要高，「高而不怒」；要逸，「逸而不迂」；要險，「至險而不僻」；要新，「新而不詭」。這也是「偏正得其中」的總的審美要求。

　　由此可見，皎然的「取境」說是獨特、深刻和系統的。除「取境」說外，皎然還談到了「造境」問題。「盼睞方知造境難，象忘神遇非筆端」（《皎然集》卷七）。「造境」難，難就難在這不僅是一個方法技巧（即「筆端」）問題，也是一個「象忘神遇」的心理狀態（即「非筆端」）問題。

　　從方法技巧看，皎然認為，詩歌意境的創造方法主要是「賦、比、興」。《詩議》云：「賦者，布也。象事布文，以寫情也」；「比者，全取外象以興之」；「興者，立象於前，後以人事諭之」。《詩式》也云：「難」；「取象曰比，取義曰興，義即像下之意。」值得注意的是，皎然以「象」釋「賦、比、興」，是將王昌齡之意發揚光大，對賈島和李仲蒙有直接的影響。顯然，他是將「賦、比、興」作為「造境」之法看待的，即所謂「撩亂雲峰好賦詩，嬋娟水月堪為喻」。

　　從心理狀態看，首先要保持「象忘」之虛靜和「神遇」之靈感狀態。所謂「虛靜」，就是「形清煩慮屏」（《皎然集》卷一）的超越心態。只有這樣，才能有「境靜萬象真」的創作心態。所謂「神遇」，就是「悟心」，就是「得若神授」，就是「宛如神助」，一句話就是「不思而得」。這也是厚積薄發、水到渠成的創作靈感狀態。皎然並不反對靈感，而是反對消極地坐等靈感。他主張以苦思求靈感，沒有苦思作為

基礎，靈感是不會降臨的。只有靈感，才能創造靈境。

關於「意境」的具體創造，皎然談了三點看法：

一是「尚意」。《詩式》云：「雖欲廢言尚意，而典麗不得遺。」《詩議》云：「立意於眾人之先」；「後於語，先於意，因意成語」；「關意為上，反此為下」。他還撰有《立意總評》一文。由此可見，在「意」與「境」兩者之間，他是首先重「意」。這與中國傳統的美學思想相一致。其實，重「意」就是看重創作主體的心靈創造，或者說就是重「心」。一切「意境」，都是心靈創造的產物。「如何萬象自心出，而心澹然無所營。」（《皎然集》卷七）「誰道佛身千萬身，重重只向心中出。」（《皎然集》卷七）藝術家之心，不同於常人之心。它是一個審美的大熔爐。凡是醜的、陋的，一經冶煉鍛造，便成為精的、美的。諸如：

> 一見西山雲，使人情意遠。……逸民對雲效高致，禪子逢雲增道意。白雲遇物無偏頗，自是人心見異同。（《皎然集》卷七）
>
> 白雲關我不關他，此物留君情最多。（《皎然集》卷四）

一片白雲，在隱士看來是仙，在釋子看來是禪，而在詩人看來卻是情，是詩。這就是各人的心境不同所致。「夫詩工創心，以情為地，以興為經。」（《詩議》）詩人之心，是以「情」和「興」為特殊材料而構成的審美大熔爐。所以，「意境」的創造就是一個主體性很強的智力勞動。「彪炳文章智使然，生成在我不在天。」（《皎然集》卷七）「我」即是創作主體，「我」有「我」的「意境」，「我」也有「我」的詩。這也就是「前無古人，獨生我思」（《詩式》〈立意總評〉）。「我思」即是「我心」，是與任何人不相同的。表現在「意境」創造中，就會產生這

樣的作品：

　　家家望秋月，不及秋山望。山中萬境長寂寥，夜夜孤明我山上。海人皆言生海東，山人自謂出山中。憂虞歡樂皆占月，月本無心同不同。自從有月山不改，古人望盡今人在。不知萬世今夜時，孤月將□誰更待。（《皎然集》卷七）（按：此詩末句缺一字，一作「孤月將誰更相待」。）

　　這首《山月行》清遠淡雅，耐人玩味，可與張若虛《春江花月夜》相媲美。此山是「我山」，此月是「我月」，此是「我」之詩、「我」之意境。

　　二是情景交融。皎然已經認識到了意境創造中的「情」與「景」問題。諸如「詩情屬風景」，「新景當詩情」。「詩情」與「風景」的交融，就是「意境」。當然，皎然並沒有明確提出「情景交融」的觀點。但對這一創作現象還是有所認識的，即如他說的「物色帶情」（《詩議》）、「假象見意」（《詩式》）。他在詩歌「意境」的創造方面，很注意協調「情」與「景」的關係。諸如：

　　春草思眇眇，征雲暮悠悠。（《皎然集》卷一）

　　片雲閒似我，日日在禪扉。（《皎然集》卷三）

　　千里萬里心，只似眼前月。（《皎然集》卷四）

　　鄉雲心渺渺，楚水路遙遙。（《皎然集》卷四）

情著春風生橘樹，歸心不怕洞庭波。（《皎然集》卷四）

山情與詩思，爛漫欲何從。（《皎然集》卷五）

心與空林共杳冥，孤燈寒竹自青熒。（《宿法華寺》，《全唐詩續補遺》卷四）

在這些詩句中，「情」與「景」達到了完美的融合，形成了美的「意境」。

三是「三外」。所謂「三外」，就是「言外」、「象外」和「文外」。所謂「言外」，就是把話不說盡，意藏言外。皎然評鮑照《玩月城西門解中》「夜移衡漢落，徘徊帷戶中。歸華先委露，別葉早辭風」四句詩云：「意也，情也，此詩體俚而意在言外。」（《詩式》）表面看是寫夜景，其實寓意極深：星星回家了，花兒回家了，樹葉也回家了，而我卻回不了家，抒發了思鄉之情，故評曰「情也」；星落了，花落了，葉落了，一幅衰落景象，嘆人生短暫，歲月已逝，故評曰「意也」。而這些意思均沒有明說，而是含藏在言外，故評曰「意在言外」。又說：「情者，如康樂公『池塘生春草』是也。抑由情在言外，故其辭似淡而無味，常手覽之，何異文侯聽古樂哉！」（《詩式》）「池塘生春草」是謝靈運《登池上樓》一詩中的名句，歷來被人稱誦。此句表面看來只是寫眼前景，平平常常，既不華麗，也不驚人，「似淡而無味」。如以「知人論世」的眼光來看，才知含蘊深厚：久病床頭，喜觀春色，始覺生意，神情頓旺，一也；懷才不遇，又被權貴排擠至窮海陋區，憤惋無處說，二也；少帝即位，權在大臣，仕途險惡，朝不保夕，三也；歸與不歸，進退維谷，一時難決，四也。可謂心事重重，如同春草。此

句好就好在以淡語寫深情，自自然然，不留痕跡，一切藏得神不知、鬼不覺，故以「情在言外」評之。

所謂「象外」，就是「假象見意」，意藏象外。皎然認為，取境應「采奇於象外」（《詩議》），造境要藏意於「象外」。那麼，如果要讀境，也「請從象外推，至論尤明明」（《皎然集》卷六）。王昌齡只是談到「象外語」和「象外比」，而皎然則是從取境、造境和讀境的全過程談「象外」，更加前進了一步。

所謂「文外」，就是一首詩、一篇文讀完之後，仍覺餘味無窮。「文外」是比「言外」和「象外」更大的一個概念單位，換句話說，只有若干的「言外」和「象外」有機結合，才構成了「文外」。皎然說：「兩重意已上，皆文外之旨。」（《詩式》）王昌齡只是談到了「一句見意」「兩句見意」、「三句四句見意」。而皎然卻反其意而用之，發展了這一觀點。從《詩式》「池塘生春草」條引文看，皎然的這一思想也受到《文心雕龍》〈隱秀〉篇的直接影響，如「言外」、「文外」術語就取自該文。「已上」是指多少？皎然談到了「三重意」、「四重意」，甚至多重意：「意有盤礡者，謂一篇之中，雖詞歸一旨，而興乃多端。」（《詩式》）

總之，「三外」說的宗旨，是強調「意遠」、「意厚」、「味深」，應有「含蓄之情」，而反對「意薄」（均見《詩式》）。在《詩式》中，皎然還將「遠也，意也」和「遠也，情也」作為詩歌批評的標準使用，可見其良苦用心。這樣就將「意境」說中的「意」論述得淋漓盡致了，對後世影響極大。

在「意境」創造中，皎然還力主藝術創新。他十分欣賞屈原「制體創詞，自我獨致」（《詩議》）的獨創精神。因此，他提倡「變化」，反對「倚傍」（《詩式》〈立意總評〉）。對於當時詩歌創作中存在的「俗

對」「下對」、「熟名」、「熟字」、「俗名」和「俗字」現象予以嚴厲的批評，指出：

> 又如送別詩，「山」字之中，必有「離顏」；「溪」字之中，必有「解攜」；「送」字之中，必有「渡頭」字；「來」字之中，必有「悠哉」。……語居士，以謝公為首；稱高僧，以支公為先。……豈足為文章乎？
>
> 或引全章，或插一句，以古人相黏二字、三字為力，廁麗玉於瓦石，殖芳芷於敗蘭，縱善，亦他人之眉目，非己之功也，況不善乎？（《詩議》）

由此可見，沿襲熟套，模仿古人，都是缺乏獨創精神的表現。

當然，他也不反對學習古人和繼承傳統。如他在《詩式》卷五的「復古通變體」中，就明確指出：

> 作者須知複變之道。反古曰復，不滯曰變。若惟復不變，則陷於相似之格，其狀如駑驥同廄，非造父不能辨。能知複變之手，亦詩人之造父也。……吾始知複變之道，豈惟文章乎？

顯然，這是受了《文心雕龍》〈通變〉篇的影響。他將這種思想用於詩歌意境的創造，卻是難能可貴的。他本人不僅精通「複變之道」，而且也是繼承傳統的楷模。他的詩歌意境的創造，就師法屈原和謝靈運兩人。一方面，他「詩騷學楚人」（《皎然集》卷四），取法於屈原。就因為，以屈原為代表的楚辭作家，才真正創造出了成熟的詩歌意境。正如葉朗先生所說：「《三百篇》寫『象』，《楚辭》始寫『境』。」

他還例舉出《九歌》〈湘夫人〉、《九章》〈悲迴風〉和《涉江》的有關
詩句後，說：「這就是寫『境』」，「這樣的詩，可以說就是有意境了」。[32]
其實，清代的惲敬和當代的錢鍾書先生也有相類似的看法。另一方
面，他立志「繼謝公」。這有三個原因：一是謝靈運是他的十世祖，有
弘揚家學，光耀門庭之意；二是謝靈運的詩寫得實在好。據《南史》
卷十九本傳載，謝靈運任永嘉太守期間，喜遊山水，「遍歷諸縣」，「所
至輒為詩，詠以致其意」，「每有一首詩至都下，貴賤莫不競寫。宿昔
間，士庶皆遍，名動都下」。所以，皎然在《詩式》、《詩議》中屢屢例
舉謝詩，以之為榮；還有一個更為重要的原因，就是謝詩善於創造意
境，且為「高手」。

綜上所述，皎然的「意境」理論不僅以「取境」為核心，為特色，
而且內容豐富，衣被後人，非一代也，是「意境」史上的又一里程碑。

第四節　司空圖的「意境」形態論

要研究司空圖的「意境」理論，有兩個問題必須首先解決，一個
是《二十四詩品》著作權的歸屬問題，一個是《二十四詩品》是否談
論「意境」的問題。這兩個問題不解決，我們對於他的「意境」理論
就難以作出比較科學的評價。

首先，談談《二十四詩品》著作權的歸屬問題。《四庫全書總目提
要》認為，王昌齡《詩格》和皎然《詩式》等，皆是偽書。「惟此一編，
真出圖手」，斷定《二十四詩品》為司空圖所作。後之學者，多承此
說，無有疑議。其實，四庫館臣的這些看法，令人疑惑難解：王昌齡

32　葉朗：《中國美學史大綱》，上海人民出版社1985年版，第270頁。

《詩格》,《舊唐書》〈王昌齡傳〉和《新唐書》〈藝文志〉均著錄在冊；
皎然《詩式》、《詩評》,《新唐書・藝文志》也有著錄,卻皆被判為偽
書。而司空圖的《二十四詩品》(原名《詩品》),《舊唐書》和《新唐書》
均不著錄;《宋史》〈藝文志〉也未提及,反倒成為「真作」。此應作何
解釋呢?

　　最早看出此中破綻,並對之質疑的,是一位美籍華裔學者。他叫
方志彤,原名方淳謨,西名叫作Achilles Fang,朝鮮族人。早年就讀於
清華大學哲學系,曾與錢鍾書先生和金岳霖先生是同學。[33]後留學美
國,獲哈佛大學博士學位,並一直在哈佛大學任教。在學術上,以英
譯陸機《文賦》和《Pound與中國》著名。大約在二十世紀七十年代,
他就提出:「《二十四詩品》是一部偽作。」受此啟發,哈佛大學東亞
文明系宇文所安教授,於一九九二年在他的《中國文學批評讀本》一
書中指出:「我最終相信,《二十四詩品》可能就是一部偽作。」但是,
他又不敢把話說死,接著補充說:「當然,我無法完全肯定這部書不是
晚唐的。因此,讀者們可以在抱著很大懷疑的同時,仍依通常見解,
認為《詩品》是司空圖的著作。」雖下語審慎,但總算把問題提出來
了。

　　兩年以後,中國大陸學者也提出了這個問題。一九九四年,在浙
江舉行的第七屆唐代文學年會上,復旦大學中文系陳尚君、汪湧豪二
位先生發表了他們的最新研究成果《〈二十四詩品〉辨偽》。認為,明
萬曆前七百多年間,從未有人提及司空圖《二十四詩品》。明人懷悅

33　參見錢鍾書先生1980年7月25日致李文俊的信,刊於李著《婦女畫廊》和《金岳霖的
　　回憶與回憶金岳霖》(四川教育出版社1995年版)一書。另見陳引馳《方志彤、宇文
　　所安與〈詩品〉辨偽》(載《文匯讀書週報》1997年5月24日)一文。這些資料均由陳
　　引馳博士提供,特此說明。

《詩家一指》中的「二十四品」與今傳《二十四詩品》文字完全相同。因此，《二十四詩品》的真正作者不是司空圖，「應為明代景泰間嘉禾（今浙江嘉興）人懷悦」。此説引起與會者的極大興趣。一九九五年三月十六日《文匯報》對此作了專題報導，引起學界的廣泛關注。同年九月，青年學者張健博士在《北京大學學報》第五期撰文商榷，認為懷悦作《詩家一指》的説法不能成立。因為，明初人趙撝謙《學范》就曾引用過《詩家一指》。比《詩家一指》更早的《虞侍書詩法》中就有「二十四詩品」，雖僅存十六品，但文字基本相同，當是接近原貌的版本。所以，《二十四詩品》的作者有可能是元代虞集。不過，祖保泉、黃保真、陳良運和曹順慶等先生則不同意以上説法，並以各自的理由，仍堅持將《二十四詩品》的著作權還給司空圖。[34]這場討論並未結束。最近，在復旦大學舉行的「二十世紀中國古代文論研究的回顧與前瞻」國際學術研討會上，李慶先生在提交給大會的論文《也談〈二十四詩品〉》中，提供了宋陳振孫《直齋書錄解題》對司空圖《詩格》的文字記載，從文獻學的角度考證《二十四詩品》的作者應是司空圖。[35]張柏青先生則通過對《詩品》與司空圖詩文用韻特點的分析比較，證實舊説不謬。[36]

　　我也認為，《二十四詩品》是司空圖所作。理由如下：

34　關於這場討論，可參閱以下文獻：陳尚君、汪湧豪《〈二十四詩品〉辨偽》，載於《中國古籍研究》創刊號；張健《〈詩家一指〉的產生時代與作者》，《北京大學學報》1995年第5期；陳良運、鄒然《司空圖〈詩品〉辨偽及其他》（會議綜述之一），《文藝理論研究》1996年第2期，第85-87頁。

35　參見周興陸、楊彬：《尋找古文論研究的新起點》（會議綜述），《文匯讀書周報》2000年12月2日。

36　張柏青：《從〈二十四詩品〉用韻看它的產生時代與作者》，《文學遺產》2001年第1期。

　　其一,《二十四詩品》原名《詩品》,實際上只是二十四首特殊的論詩詩。據《與王駕評詩書》說,作者在世自編《一鳴集》時,可能將《詩品》編入其中了。也就是說,《詩品》在當時就沒有以「單行本」傳播過。所以,《舊唐書》和《新唐書》才沒有著錄《詩品》,這是符合史實的。但是《舊唐書》本傳載,司空圖「有文集三十卷」。《新唐書》〈藝文志〉和《宋史》〈藝文志〉皆著錄「司空圖《一鳴集》三十卷」。這與作者自述的情形相一致。《一鳴集》三十卷,很早就佚散了。後人輯編有《司空表聖文集》、《司空表聖詩集》各十卷,另有《詩品》一卷單行本。《四庫全書》只收錄《文集》和《詩品》,不收《詩集》。可見,司空圖詩文散佚較嚴重。四庫館臣認為,「此十卷乃其文集,即《唐志》所謂《一鳴集》也」。這個看法是錯誤的。《一鳴集》是作者於晚年自編的總集,既收文,也收詩。《舊唐詩》曰「有文集三十卷」,此處「文」是個大概念,包括詩在內。如《舊唐書》著錄:李白「有文集二十卷行於時」,杜甫「有文集六十卷」,豈能說是有文而無詩呢?由此可知,《詩品》是收在《一鳴集》中傳播的,沒有單行本,故《舊唐書》、《新唐書》不另著錄。所以,我們不能根據《舊唐書》、《新唐書》對《詩品》沒有著錄,而否定它的真實存在。

　　其二,《二十四詩品》是二十四首特殊的論詩詩。所謂「特殊」就是說它與一般論詩詩,諸如杜甫的《戲為六絕句》等是不同的。《戲為六絕句》重在「論」而不重在「詩」,故論旨明確;而《二十四詩品》則重在「詩」而不重在「論」,故論旨模糊。香港學者陳國球先生借用西方現代「後設小說」(metafiction)的說法,將《二十四詩品》看作是「後設詩歌」(metapoem／metapoetry),「因為它既是文學作品,也是關

於文學作品的理論，二者的界限已是泯滅無存」。[37]因此，就出現了三個相關的問題：一是它論旨模糊，難讀費解，不利於傳播。連作為一代大文豪的蘇軾都說他「不識其妙」，得「三復其言」才略解其悲（《書黃子思詩集後》），而一般讀者則更是讀不懂。二是唐代詩格多為指導寫詩而作，明白易曉，切實可行，故流傳較廣；而《二十四詩品》則重在指導「賞詩」，獨抒靈悟，故曲高和寡，知音甚少，致使歷代著錄和引用者幾希。

三是古書的傳播十分複雜，有作者方面的原因，也有書商、讀者和社會意識形態等方面的原因。就是說，一本古書要流傳於後世，需要經受時代的考驗和諸多方面的選擇。凡是能夠歷經滄桑，傳至後世的古書，簡直是一種緣分，一種命運。被歷史煙雲所吞滅的古籍何止汗牛充棟。因此，對於《二十四詩品》的存亡真偽問題，我們也要實事求是，具體情況具體分析，千萬不可一概而論。

其三，除了蘇軾《書黃子思詩集後》言及《二十四詩品》之外，南宋陳振孫《直齋書錄解題》著錄《一鳴集》時說：

> 蜀本但有雜誌，無詩。自有詩十卷，別行。《詩格》尤非晚唐諸子所可望也。

前邊記載與《四庫全書總目提要》略同。說明司空圖詩、文分集行世的情形，在南宋已成定局了。此處的《詩格》，學界普遍認為就是《詩品》。

37　陳國球：《從「後設詩歌」的角度看司空圖〈詩品〉》，《古代文學理論研究》第16輯，上海古籍出版社1992年版，第89頁。

　　由此可見，《詩品》是被收入《一鳴集》中行世的，至少在南宋時還沒有《詩品》單行本出現。這兩條材料足以證明，蘇軾和陳振孫兩人在司空圖《詩集》或《文集》中，是見過《詩品》的。這是我們將《二十四詩品》的著作權歸還給司空圖的有力的「外證」。

　　其四，司空圖對自己的「賞詩」才能非常自負，「依家自有麒麟閣，第一功名只賞詩」（《力疾山下吳村看杏花》）。他也經常與友人一起「論詩」，如雲：「漸與論詩久，皆知得句新。」（《華下送文浦》）他寫給李生、王駕和極浦等人的論詩信，也足以證明司空圖不僅喜歡「賞詩」、「論詩」，而且具有很高的水平。司空圖論詩有兩個特點：一個是善於「以詩論詩」。粗閱其詩，涉及「詩」的詩句就有數十首之多。諸如：

　　詩家多滯此，風景似相留。（《寄永嘉崔道融》）

　　爭名豈在更搜奇，不朽才消一句詩。（《爭名》）

　　此身閒得易為家，業是吟詩與看花。（《閒夜》）

　　夕陽照個新紅葉，似要題詩落硯台。（《偶詩》）

　　世間萬事非吾事，只愧秋來未有詩。（《山中》）

　　詩中有慮猶須戒，莫向詩中著不平。（《白菊》）

　　另一個是善於「以賞代論」，不直言自己的觀點，而是將觀點寓於

「賞詩」之中，他將賞詩所得的經驗，又還原成詩的「意象」，寫入詩中。這在他的《詩賦》中便有充分的體現。諸如：

河渾沈清，放恣縱橫。濤怒霆蹴，掀鰲倒鯨。鑱空攫壁，崢冰擲戟。鼓煦呵春，霞溶露滴。鄰女自嬉，補袖而舞。色絲屢空，續以麻。

這段文字與《詩品》很相似，如去掉所有的題目，將此放入其中，簡直難以想像是出自另一篇作品的。具體説來，《詩賦》與《詩品》相似者有八：以詩論詩，一也；以賞代論，二也；以象言詩，三也；皆有「河」、「春」、「星」、「日」、「風」、「露」等自然意象，四也；皆有「詩」、「奇」、「神」、「象」、「清」、「空」、「心」等術語，五也；「研昏練爽」（《詩賦》）與「超心煉冶」（《詩品》，下同），「神而不知」與「如不可知」，「卷之萬象」與「萬象在旁」，「河渾沈清，放恣縱橫」與「大河前橫」，「濤怒霆蹴」與「明漪絕底」，「鼓煦呵春」與「空潭瀉春」，「霞溶露滴」與「清露未晞」，「鄰女自嬉」與「時見美人」，「積而成垤」與「積健為雄」，「上有日星，下有風雅」與「前招三辰，後引鳳凰」，等等，大致相近的用意和思維方式，六也；「揮之八垠，卷之萬象」（《詩賦》）與「持之非強，來之無窮」（《詩品》，下同），「知非詩詩，未為奇奇」「鼠革丁丁」「蟻聚汲汲」與「天風浪浪，海山蒼蒼」「空碧悠悠」「南山峨峨」，「下有風雅」與「下有漪流」，「研昏練爽，夐魄凄肌」與「體素儲潔，乘月反真」，等等，大致相同的遣詞造句和行文習慣，七也；《詩賦》與《詩品》，二字為題，八也。如此眾多的相似點，絕非偶然現象。所以，我認為，《詩賦》與《詩品》當出自一人手筆。

總之，根據以上四個原因，我認為，《二十四詩品》的真正作者是

司空圖，而不是其他人。這一點是毫無疑問的了。所以，四庫館臣所說的「惟此一編，真出圖手」，是正確的。

其次，談談《二十四詩品》是否談論「意境」問題。在這二十四首論詩詩中，含有「意」、「情」、「象」、「意象」、「象外」和「實境」等「意境」術語；提出了「超以象外，得其環中」、「不著一字，盡得風流」、「淺深聚散，萬取一收」、「意象欲出，造化已奇」等關於「意境」的觀點；采取了「采采流水，蓬蓬遠春。窈窕深谷，時見美人。碧桃滿樹，風日水論『清奇』意境的審美特徵。這些便充分表明，《二十四詩品》主要是談濱。柳陰路曲，流鶯比鄰」、「綠林野屋，落日氣清」、「落花無言，人淡如菊」、「霧餘水畔，紅杏在林。月明華屋，畫橋碧陰」等以詩境來談「意境」的方式。關於這種「意境」表達方式，郭紹虞先生在《詩品集解》中就有所揭示。他指出：

> 「娟娟群松，下有漪流」，是一種清奇境界；「晴雪滿汀，隔溪漁舟」，又是一種清奇境界；「可人如玉，步屧尋幽」，更是一種清奇境界。……合而觀之，則「空碧悠悠」、「淡不收」之境，更覺形象化矣。

更為形象的還是末句的「兩個比喻」，「如月之曙，如氣之秋」。試想想看，黎明之月，晚秋之氣，真可謂「清」之「奇」者也。以日常意象來談「意境」，便覺歷歷在目，栩栩如生。這是以種種詩境，形象化地談「意境」的。但是，學術界歷來對此看法不一，有人認為是談「風格」的，有人認為是談「意境」的，還有人認為是「風格」與「意境」兼而談之。最早指出《二十四詩品》是談「意境」的，是清代學者。王士禎《香祖筆記》說是談「詩境」，袁枚《〈續詩品〉序》說是談「妙境」，許印芳《〈二十四詩品〉跋》說是談「造境」。楊廷芝《二

十四詩品淺解》則說得更為明確。如他對「實境」的闡釋：

中八句：四句言實有其境，四句言境出於實。六句題面，六句題
意思、意境。首言：語之取其甚直者，皆出於實，計其意境不為深
遠，當前即是。三句實有之情，四句實有之理。清澗之曲，境之深；
碧松之陰，境之幽；荷樵時，行則行，境之動；聽琴時，止則止，境
之靜。清澗二句，就境寫境；一客二句，就人寫境。情性所至，無非
是實。妙不自尋，蓋言妙境獨造，非己所自尋者也。

從此闡釋中可見，「實境」是「意境」的一種形態。他還認為，除
「實境」之外，其他二十三品也不同程度地談到了「意境」問題。在現
代學者中，羅根澤先生最先指出，《二十四詩品》是談論二十四種詩歌
意境。[38]六十年代，劉大傑、孫昌熙和劉淦諸位先生堅持了這種看法。
從八十年代以來，這種看法被愈來愈多的人所認同。這可以葉朗先生
作為代表。他認為，「司空圖的《二十四詩品》，清楚地表明了『意境』
的美學本質，表明了意境說和老子美學（以及莊子美學）的血緣關
係」[39]。所以，司空圖《二十四詩品》是談論「意境」的，已不再成為
問題了。不僅如此，在「意境」美學研究方面，除了王國維之外，司
空圖成為人們熱切關注的第二號人物。

因此，解決了以上兩個問題，我們再來談司空圖的「意境」理論，
就是順理成章的事情了。那麼，從「意境」美學發展史的角度看，司
空圖的貢獻是什麼？我認為，就是他的「意境形態論」，主要有以下三

38　羅根澤：《中國文學批評史》（二），第237頁。

39　葉朗：《中國美學史大綱》，上海人民出版社1985年版，第276頁。

個方面的內容：

一、「意境」結構形態論共分兩種結構形態，即「實境」和「虛境」。

司空圖在《詩品》中專立「實境」一品。什麼是「實境」？「清潤之曲，碧松之陰，一客荷樵，一客聽琴」，句句在目，歷歷如畫，這就是「實境」。如孫聯奎說的：「實況實境，真可入畫。」實境的特點是：境實，「取語甚直」，狀若白描，皆可直觀；意實，「計思匪深」，淺顯易懂。但是，「意」與「境」的結合要「巧」，即如「忽逢幽人（境），如見道心（意）」，幽人與道心巧妙自然地交融在一起。有了這個「巧」，「意境」就直而不拙，實而不呆，而是具有「泠然希音」的天趣，活了；具有「妙不自尋」的靈氣，妙了。將這實、巧、活、靈融於一境，就是司空圖所謂的「實境」了。這就是楊廷芝說的：「此以天機為實境也。」也如郭紹虞說的：「境雖實而出於虛，非呆實之謂矣。」（《詩品集解》）

司空圖雖未標舉「虛境」二字，其實談論「虛境」最多，而且鍾情亦在「虛境」。正因「虛境」無處不在，難於獨立一品，故不標舉，否則豈有言「實境」而不知「虛境」者？在《二十四詩品》中，屬於「虛境」者有「超詣」、「含蓄」、「沖淡」、「清奇」、「飄逸」、「雄渾」等，其他品中也是亦實亦虛，就連「實境」也是「實出於虛」。那麼，什麼是「虛境」？司空圖說：「戴容州云：『詩家之景，如藍田日暖，良玉生煙，可望而不可置於眉睫之前也。』象外之象，景外之景，豈容易可譚哉？」（《與極浦書》）皎然說：「兩重意已上，皆文外之旨。」（《詩式》）如按照這種說法，兩重象以上，兩重景以上，就是「象外之象，景外之景」，就是「虛境」。值得注意的是，司空圖談「實境」，不忘「虛境」；談「虛境」，亦不忘「實境」。如在「象外之象」中，前

一個「象」為「實境」，後一個「象」為「虛境」；同樣，前一個「景」為「實境」，後一個「景」為「虛境」。打個比方，前邊的「實境」是基礎，後邊的「虛境」是樓閣，離開了「實境」，「虛境」就無所寄託，成了空中樓閣，難以存在。所以，只有將「虛境」置於「實境」之上，構成「兩重象以上，或兩重景以上」的「虛境」，才能使我們透過前一個「象」、「景」，而捕捉到其「外」的「象」、「景」，獲得韻味無窮的審美滿足。所以，離開「虛境」談「實境」，「實境」則呆；離開「實境」談「虛境」，「虛境」則浮。因此，司空圖認為，「虛境」與「實境」，「體勢自別，不可廢也」（《與極浦書》）。能夠從「虛境」與「實境」相依相存的關係中，來把握它們的本質，是很高明的。人們向來對於司空圖的「虛境」感到神祕不可言說，就是因為沒有抓住問題的實質。

例如，「超詣」一品，就是典型的「虛境」。共有三層結構：亂山、喬木、碧苔，是第一層結構的「境」，為「實境」；清風、白雲、芳暉，是第二層結構的「境」，為「虛境」；聲、神、道，是第三層結構的「境」，為至虛之境，亦即「超詣之境」。這是「三重境以上」的至虛之境，即典型的「虛境」，或曰「超詣之境」。這種「虛境」，「匪神之靈，匪機之微」，不是一般人所能達到或者所能領會的；只有那些「少有道契，終與俗違」的「超詣」之人，如陶淵明和謝朓等人，才能達到和領悟此種意境。這種至虛的詩境，欣賞起來，「遠引若至，臨之已非」，這是說「此中有真意，欲辨已忘言」（陶淵明《飲酒》），只可意會，難以言傳；或者「誦之思之，其聲愈稀」，餘味無窮。自古以來，談論《二十四詩品》之論著汗牛充棟，但領悟此類至虛之境者卻不多。據我所知，只有楊廷芝論及了。他說，「超詣」是「人所難至之境，不難遠引而上之。有一境焉，初以為是，及到，已覺其非。進一境，不又有一境耶？」就是說，「超詣」是由三重境所構成的至虛之境。孫聯

奎也指出：「『超詣』則意味無窮，更含綿邈於『自然』之外。」郭紹虞等人也説：「超詣之境，可望而不可即。」[40]

還應該指出的是，王昌齡和皎然的「意境」論受禪宗思想的影響較大，而所不同的是司空圖受道家思想的影響較大。如在「超詣」一品中，不僅喬木、碧苔、清風、白雲是道家意象，而且「少有道契，終與俗違」亦是道家理想中的「至人」形象。其他諸品的情形也是如此。所以，在司空圖「意境」形態論的背後，則是道家哲學思想。這是司空圖「意境」美學的本質所在。

二、「意境」風格形態論

一般説來，人們都以為司空圖的《二十四詩品》是談論詩歌風格的。但是，是談什麼風格？是內容風格，還是形式風格？大多數研究者只是模糊云爾，不去深究；何況司空圖本人就説得模糊，也無法深究。在五十年前，羅根澤先生就指出：「這是二十四種詩境，同時也就是詩的二十四種風格。」[41]就是説，這是二十四種詩歌意境的風格，也就等於説從風格角度將詩歌意境劃分為二十四種形態。這就是「意境」風格形態。

請看孫聯奎對於「典雅」一品的分析：

玉壺買春（玉壺，典矣。買春，尤雅），賞雨茆屋（茆屋，典矣。賞雨，尤雅。讀此二語，宛如展看《東坡先生笠屐圖》）。坐中佳士，左右修竹（竹之為物，最為典雅。言坐中有佳士，正如左右之有修竹也）。白雲初晴，幽鳥相逐（當白雲初晴之時，而有幽鳥相逐之趣，亦

40　郭紹虞主編：《中國歷代文論選》第2冊，上海古籍出版社1979年版，第214頁。

41　羅根澤：《中國文學批評史》（二），第237頁。

未嘗不典不雅也）。眠琴綠陰，上有飛瀑（琴是雅物，又眠於綠陰，綠陰之上又有飛瀑。高山流水，典雅何如。此景，吾欲請畫工圖之，惜尚未逢高手）。落花無言（物靜典雅。芳草落英，典雅令人可想）。人淡如菊（人靜典雅），書之歲華，其曰可讀（書籍愈古愈雅。書經歲華，典雅可知。此首，純乎取象，惟末二句微與作詩比附；似詩到典雅，始可以讀，特未明言耳）。[42]

　　由此可見，司空圖對於「典雅」一品的論說方式是「純乎取象，特未明言耳」，是用「意境批評」的方式來談論「意境」的典雅風格形態。具體說，就是取了玉壺、春、茆屋、賞雨、佳士、修竹、白雲、幽鳥、琴、綠陰、飛瀑、落花、雅人、菊、古書等道氣十足的意象，構成了一個仙境般的典雅意境。這既是典雅意境，又是典雅風格，是「意境」的典雅風格形態。二十四品皆然，是二十四種「意境」風格形態。這就是司空圖的「意境」風格形態論。這是「意境」美學研究的一種新的開拓。

三、「意境」韻味形態論

　　從司空圖的詩論看，他既提到「格」（風格），又提到「境」（意境），還提到了「味」（韻味）。而且明確指出：「古今之喻多矣，而愚以為辨於味，而後可以言詩也。」（《與李生論詩書》）這是將「味」作為「言詩」的審美標準來看待。那麼，什麼是「味」？在司空圖看來，就是「韻外之致」、「味外之旨」的韻味，或者「趣味澄敻」的趣味。這種韻味既從「風格」（即「格」）中來，又從「意境」（即「境」）中來。在司空圖那裡，「味」、「格」、「境」三位一體，關係很密切：「境」是

42　孫昌熙、劉淦校點：《司空圖〈詩品〉解說二種》，齊魯書社1980年版，第19頁。

「味」和「格」的載體，是質；「味」和「格」為「境」所載，是性。前者實，後者虛，司空圖輕實尚虛，故以「味」為審美標準。因此，「意境」與韻味就有了關係。司空圖説：「右丞州趣味澄敻，若清風之出岫。」（《與王駕評詩書》）前者為「味」，後者為「境」。這是以「境」喻「味」、以「味」論「境」的一個典型的例子。而且司空圖談味「韻外之致」、「味外之旨」，與談境「象外之象」、「景外之景」，兩者的句式結構和思想內涵基本相同，即談「味」亦是談「境」，談「境」亦是談「味」，兩者貌為二而神為一。

綜上所述，司空圖在《二十四詩品》中所標舉的二十四品，是二十四種風格，是二十四種意境，也是二十四種韻味。前兩者（即二十四種風格，二十四種意境）是從詩歌本體著眼，是本體論；後兩者（即二十四種意境、二十四種韻味）是從讀者鑑賞著眼，是鑑賞論；而中間者（即二十四種意境）則是載體，是質，是核心，前後兩者都離不開它。由此便推演出三種「意境」形態論：一是二十四種「意境」形態論（其中包括了「實境」與「虛境」兩種形態）；二是二十四種意境與二十四種風格組合，構成二十四種「意境」風格形態論；三是二十四種「境」與二十四種韻味組合，構成二十四種「意境」韻味形態論。三者相輔相成，共同構成了一個「意境」形態論體系。這些，就是我所認為的司空圖「意境」形態論的全部內容和奧秘所在。

楊深秀《仿元遺山論詩絕句五十首》云：「墜笏朝堂為失儀，吟成廿四品尤奇。王官谷裡唐遺老，總結唐家一代詩。」確實如此，司空圖以《二十四詩品》為核心，構築了他的「意境」形態論體系。這是對有唐一代詩歌創作和鑑賞經驗的美學總結。所以，從清代以來，人們就對此評價很高。如清代無名氏《皋蘭課業詩品解序》評曰：《二十四詩品》是「詞林之玉尺，藝苑之金針」。從一九〇一年英國著名漢學家

翟理思教授全文英譯《二十四詩品》以來，國外學者也愈來愈重視對司空圖的研究。蘇聯當代漢學家李謝維奇對司空圖的「意境」說評價很高。美國近年來成立了司空圖研究組織。日本《世界大百科事典》（1975年版）第十三卷「司空圖」詞條，高度評價其《二十四詩品》。[43]這些都表明，司空圖研究正在走向世界。

第五節　普聞論「意句」與「境句」

從普聞《詩論》僅存的一則關於「意境」的言論看，該書很可能對「意境」問題有較多的論述。十分遺憾的是，由於原書久佚，所傳《詩論》又不著撰人；所以，普聞的「意境」批評不僅被古人所忽視，也沒有引起現代學者的足夠重視。八十年代末以來，情形有所改觀。賈文昭先生主編的《中國古代文論類編》（1988）在「意境」目下，收了這一則文字。蔣祖怡、陳志椿兩位先生主編的《中國詩話辭典》（1996），分別收有「普聞」條和「《詩論》」條。我於一九九八年四月在廣州《詩詞》「藝叢」欄，發表了一篇研究普聞「意境」批評的專題論文。[44]目前，學界關於普聞「意境」批評的研究，僅此而已。最近，傅璇琮先生主編的《中國詩學大辭典》（1999）「《詩論》」條說，普聞的詩論，「特別是關於『意』、『境』的論述，頗值得注意」。這話很有眼光。

普聞是從詩句結構的角度研究「意境」的。在「意境」美學發展史上，這是一個新的角度。在宋代的「意境」研究中，我們只取普聞

43　以上國外資料，皆取自王麗娜《司空圖的〈二十四詩品〉在國外》一文，載於《文學遺產》1986年第2期。

44　《詩詞》1998年4月第7期。

一人，就是著眼於這一點。

這種風氣是劉勰開創的。他在《文心雕龍》〈物色〉中說：「寫氣圖貌[45]，既隨物以宛轉；屬采附聲，亦與心而徘徊。」在「意境」的創造中，包括「寫氣」和「圖貌」兩個方面。「寫氣」即「寫神」，關乎心，故「與心徘徊」；「圖貌」即「寫形」，關乎物，故「隨物宛轉」。這些在文學的創作中，必然要具體落實到字句上，諸如「『灼灼』狀桃花之鮮，『依依』盡楊柳之貌，『杲杲』為出日之容，『瀌瀌』擬雨雪之狀」等，都是圖貌寫形的文字。又如「『喈喈』逐黃鳥之聲，『喓喓』學草蟲之韻；『皎日』、『嘒星』，一言窮理；『參差』、『沃若』，兩字連形」等，都是寫氣傳神的文字。「圖貌」與「寫氣」兩者完美結合，故物之「情貌無遺矣」。這裡的「情貌」即形神兼備的「物境」。這是最早從字句角度談「意境」創造的。到唐代，王昌齡將這個問題說得更為具體了，如：「詩有上句言意，下句言狀；上句言狀，下句言意。」所謂「狀」，就是「言其狀，須似其景」之「景」。因此，他首創了「景語」一詞（《文鏡秘府論》〈論文意〉）。這是從字句角度，將「意境」分為意句和景句。舊題白居易的《文苑詩格》也說：「或先境而入意，或入意而後境。古詩：『路遠喜行盡，家貧愁到時。』『家貧』是境，『愁到』是意。又詩：『殘月生秋水，悲風慘古台。』『月』、『台』是境，『生』『慘』是意。」這種說法比王昌齡更加明確了。

到宋代，普聞繼承了劉勰、王昌齡等人的「意境」美學思想，從詩句結構的角度研究「意境」，將一個形而上的理論問題，放到形而下的語言操作層面來談，就使理論更加具體明確，也更具有可行性。他

---

45 黃侃《文心雕龍》〈禮記〉云：「氣謂物之神氣」。陸侃如、牟世金《劉勰論創作》注云：「氣，指事物的精神。」劉永濟《校釋》認為，此二句寫「情」、「物」活動，且「神物交融」。

的「意境」觀點主要有四個方面：

其一，「意句」與「境句」。「意境」作為詩歌的審美特徵，必然會體現到語言文字中來的。普聞正是著眼於此，便明確地提出了「意句」和「境句」的問題。他說：「天下之詩，莫出於二句，一曰意句，二曰境句。」那麼，何謂「意句」？何謂「境句」？他並沒有加以說明。原因是，他是在談「意境」批評，而不是談「意境」理論。所以，「意句」與「境句」屬於批評概念，而不是理論範疇。批評概念，只要能夠操作就行，不需要像理論範疇那樣嚴格定義。但是，從研究的角度，我們還是要探尋它的定義。只有這樣，我們才能入到普聞美學思想的深處，來把握他的「意境」觀點。

所謂「意句」，從普聞詩歌批評的例證中看，是指抒情寫意的詩句。如評陳無己詩「曾買江南十本畫，歸來一筆不中看」為「意句」。這兩句似這樣的寫意的詩句，就是「意句」。那麼，與此相反，所謂「境句」，詩是對「江南十本畫」發表議論，表達了「一筆不中看」的批評意見。類是指寫景狀物的詩句。如評陳無己詩「枯松倒影半溪寒」為「境句」。普聞以此作為詩歌批評的標準，來進行詩歌批評。諸如：

人間無畫圖。（意）
千金欲買吳州畫，今向吳州畫裡行。（意）
八峰春到了，雙澗雨晴初。（境）
小雨半收蒲葉冷，漁人歸去釣船橫。（境）

從這種典型的意境批評模式中，可以窺見劉勰、王昌齡和白居易等人的影響。明清時，多以「情句」和「景句」評詩。王國維的「情語」、「景語」之說也是受此影響的產物。

　　其二,「境句易琢,意句難制」。這是從詩歌創作角度說的。「境句」的創造得益於「眼睛」。紅花,綠葉,白雲,黑鳥,誰看都是這個樣兒。除色盲之外,你總不會將紅花看成綠花,將黑鳥看成白鳥吧!所以,普聞說:「境句人皆得之。」境句的創造客觀性強,只要如實描寫就行,故曰「境句易琢」。然而,「意句」的創造卻關乎「心靈」,而人的心靈千差萬異,既有善惡美醜之分,也有深淺雅俗之別。所以,普聞說:「獨意句不得其妙者,蓋不知其旨也。」意句的創造主觀性強,無規矩可循,故曰「意句難制」。從詩歌創作的一般情形來看,普聞所言是對的。這說明此觀點是來自切身體悟過的創作經驗。同時,也不應忽視它來自歷史經驗這樣一個事實。因為,從先秦以來,我國文藝美學就具有一個重視心靈的「尚意」傳統。如劉勰就說過:「物有恆姿,而思無定檢,或率爾造極,或精思愈疏。」(《文心雕龍》〈物色〉)所以,在普聞看來,不僅「意句」難於「境句」,而且也高於「境句」。如他所說:「魯直、荊公之詩出於流輩者,以其得意句之妙也。」由此可見,這不僅是一個創作的方法技巧問題,也是一個思想境界問題。

　　但是,這只是問題的一個方面。其實,只要從真情實感出發,「意句」的創作,也可「率爾造極」;如果離開了心靈的觀照,或者缺乏寫作技巧,「境句」的創造,也很不容易。文學創作特別是藝術意境的創造,是一件極其複雜的事。看來,普聞對這種複雜性,並沒有認識到。

　　其三,「境帶意」句。事實上,「意句」與「境句」並不好截然劃分。也就是說,純粹的「意句」和純粹的「境句」是較少的,而大多是處於兩者之間的交混狀態。因此,普聞提出了第三種詩歌句型,這就是「境帶意」句。他說:

　　數個沙鷗似水安。（境中帶意）

　　小屋鉤簾坐。（境中帶意）

　　這些詩句為何是「境中帶意」，普聞沒有講。但是，從這些詩句中，除了「數個沙鷗」、「小屋鉤簾」的寫景之外，一個「似」字和一個「坐」字，點明了「人」在其中的活動。然而「人」的形象並未出現，只是一絲情、一縷意而已，故有「寫意」的傾向。因此，這「人在境中」或「意染風景」的詩句，就是普聞所說的「境中帶意」了。如他分析陳去非的詩說：

　　「幾見秋風捲岸沙」，境也，著「幾見」二字，便成意句。

　　「秋風捲岸沙」，是境句，但這「境」是從隱在詩外的一個人眼中所「見」之境，於是便打上了「意」的烙印，故又成「意句」了。其實，這個「意句」便是「境中帶意」句。

　　因此，從詩句結構的角度看，所謂的「境中帶意」句，就是詩歌的意境。這是普聞最終提倡的詩歌創作的最高境界。他將這一美學思想表述為「意從境中宣出」。他說：

　　魯直《寄黃從善》詩云：「我居北海君南海，寄雁傳書謝不能。桃李春風一杯酒，江湖夜雨十年燈。」……春風桃李，但一杯而已，想像無聊，竊空為甚；飄蓬寒雨十年燈之下，未見青雲得路之便，其羈孤未遇之嘆具見矣。其意句亦就境中宣出，「桃李春風」「江湖夜雨」，皆境也。昧者不知，直謂境句，謬矣。

　　黃庭堅詩《寄黃從善》，一名《寄黃幾復》。黃從善與黃幾復是否同一個人，不得而知。林庚、馮沅君先生主編的《中國歷代詩歌選》（下編一）注云：「黃幾復，名介，與黃庭堅同鄉，少時便相往還。元豐八年（1085），黃幾復在廣州四會縣，黃庭堅在德州德平鎮。詩敘彼此離合與對故人的繫念。德平在山東，故稱北海；四會在廣東，故言南海。」「桃李」兩句，表面看是「境句」，其實寓有深意：「桃李春風」寓有歡聚之情，「江湖夜雨」象徵相思之苦；「一杯酒」言歡聚時間短，「十年燈」言離別時間長；更有貧窮無奈、懷才不遇之孤憤。詩云：「持家但有四立壁，治病不蘄三折肱。想得讀書頭已白，隔溪猿哭瘴溪藤。」既是同情故人，亦是自悲。因為，黃庭堅當時還是個小小的縣官。所以，普聞評曰：「窶空為甚」，「未見青雲得路之便，其羈孤未遇之嘆具見矣」，「意句亦就境中宣出」。所以，「桃李春風」、「江湖夜雨」二句就不是「境句」，而應是「境中帶意」句了。

　　因此，在普聞看來，「意句」與「境句」的交融，即「境中帶意」、「意從境出」和意境交會的美句，就是詩歌的「意境」。這是詩歌美學的關鍵所在。「意境」是詩之眼，詩之魂。詩歌一旦有了「意境」，也就有了美。王安石的詩之所以出類拔萃，就「妙在斯耳」。那麼，對於賞詩、論詩者來說，掌握了「意境」，也就掌握權衡詩歌之玉尺。所以，普聞說：「大凡但識境意明白，覷見古人千載之妙，其猶視諸掌。」

　　其四，普聞論詩，崇尚杜甫、王安石和黃庭堅，也與他的「意句」與「境句」論有關。杜甫寫詩很重視鍛詞煉句。他主張「辭句動人」（《〈蘇大侍御渙訪江浦〉序》）、「語不驚人死不休」（《江上值水如海勢聊短述》）。所以，在他的論詩詩中，「秀句」、「佳句」、「麗句」和「新句」用得頗多。諸如「美名人不及，佳句法如何」（《寄高十五書

記》），「遣詞必中律」（《橋陵詩三十韻》）等，可見他作詩是很注意遣詞造句的。至於王安石和黃庭堅就更是如此。錢鍾書先生《宋詩選注》對於兩人善於用典和悉心修辭的技巧，都有十分精到的評析。《中國詩學大辭典》也指出兩人「善於用典，善於煉句煉字」（王安石，第402頁）；「工於用典」，「擅長煉字造句」（黃庭堅，第409頁）。就是說，這三個人有一個共同的特點，就是很重視「句」的作用。這與普聞的詩學思想相合拍。同時，也可見出江西詩派對於普聞的影響。因為，三人中有杜甫和黃庭堅兩人，被方回列入江西詩派的「一祖三宗」之中。除此之外，普聞論詩還直接引用了黃庭堅語，如「《禁臠》謂奪胎換骨，石屋之詩見之」。此「奪胎換骨」正是江西派的詩學綱領之一。

但是，普聞取法三家，則另有選擇，這就是重視「句」。《詩家一指》云：「一詩之中，妙在一句，為詩之根本。根本不凡，則花葉自然殊異。」（胡震亨《唐音癸籤》卷四引）「句」是詩歌乃至文學作品的基本單位，思想感情要靠「句」傳達，文學意境也要靠「句」來體現。所以，這正是普聞提出「意句」、「境句」和「境帶意」句的理論根據。

以上四點，就是普聞「意境」批評的基本內容。

但是，普聞有些觀點並不盡然。如「境句人皆得之，獨意句不得其妙者」。其實，「境句」也並非「人皆得之」，要寫好「境句」也不容易，況且人人所得之「境句」，也有優劣美醜之別。在這一點上，他忽視了創作主體的作用，反不及劉勰、皎然等人的觀點，更不如方回的「心境」說和王國維的「常人之境和詩人之境」說高明。所以，「境句易琢，意句難制」，也值得商榷。事實上，「境句」和「意句」要寫得美妙都不容易。明代謝榛有一段話就說得很好。當時，有位名叫杜約夫的人問他：「點景寫情孰難？」他說：「情景各有難易。若江湖遊宦羈旅，會晤舟中，其飛揚軼軻，老少悲歡，感時話舊，靡不慨然言

情，近於議論，把握住則不失唐體，否則流於宋調，此寫情難於景
也，中唐人漸有之。冬夜園亭具樽俎，延社中詞流，時庭雪皓目，梅
月向人，清景可愛，模寫似易，如各賦一聯，擬摩詰有聲之畫，其不
雷同而超絕者，諒不多見，此點景難於情也，惟盛唐人得之。」（《四
溟詩話》卷二）這話説得很有道理，寫情於景之中，而不流於議論；
點景於情之內，而不落於俗套，創造出情景交融的意境，的確都不容
易。

　　普聞從詩句結構角度研究「意」，將「意境」美學由理論的殿堂
引入操作型的分析和批評，拓寬了「意境」美學的研究領域，實現了
「意境」美學的理論價值，因而值得我們注意。

第六節　謝榛論「情景之合」

　　清代畫論家布顏圖曾説：「情景者，境界也。」（《畫學心法問答》）
當代畫家李可染也説：「意境就是景與情的結合。」[46]所以，「情景」問
題，實質上就是「意境」問題。這一點，唐宋人多言之，如王昌齡、
范晞文等人，且有高論。到明清時，談論的人更多了。如都穆在《南
濠詩話》中説：「作詩必情與景會，景與情合，始可與言詩矣。」謝榛
也是如此，從「情景」的角度，來談論「意境」問題。

　　目前，學界關於謝榛詩論的研究，多集中在他的「氣格」論、「興
會」説和「妙悟」説等方面，對於其「意境」論則很少涉及。這可能
與謝榛詩論本身有關。在謝榛的詩論中，幾乎沒有「象」、「意象」和
「境」、「意境」這樣的術語，給人的感覺好像沒有談論「意境」問題。

46　《美術》1959年5月號。

但是，我們不應該忽視一個事實，就是謝榛用了「景象」一詞，尤其是喜歡使用「氣象」這個術語。除此之外，更是大量地使用了「情」、「景」和「情景」的術語。據有人統計，謝榛在《四溟詩話》中使用這類術語達三十多次[47]。這正是謝榛「意境」論的一個特點，即從「情景」的角度談論「意境」問題。

在復古主義思潮盛行的明代，謝榛能夠脫俗自立，在詩學思想上與李攀龍等人分道揚鑣。在詩歌創作上，他反對模擬，主張博采眾家，「神交古人」（《四溟詩話》卷三）。認為，「堆垛古人，謂之『點鬼簿』」（《四溟詩話》卷一）；「專模擬非其本色」（《四溟詩話》卷四）；「摹擬太甚，殊非性情之真也」（《四溟詩話》卷二）。主張「學唐十四家而自成一家」（《四溟詩話》卷三）；「縱橫於古人眾跡之中，及乎成家，如蜂采百花為蜜，其味自別，使人莫之辨也」（《四溟詩話》卷三）。在詩學理論上，他也是「集眾長合而為一」（卷三）。就其「意境」論來說也是如此。

明代前、後「七子」也常常談論「意境」問題。王廷相說：「言征實則寡餘味也，情直致而難動物也，故示以意象，使人思而咀之，感而契之，邈哉深矣，此詩之大致也。」（《王氏家藏集》卷二十八）詩歌為什麼要創造「意境」？王氏這段話回答得很好，將「意境」的審美功能表述得十分清楚。謝榛對此心領神會，主張「意境」的創造應以含糊為美。他說：

　　凡作詩不宜逼真，如朝行遠望，青山佳色，隱然可愛，其煙霞變幻，難於名狀。及登臨非復奇觀，惟片石數樹而已。遠近所見不同，妙在含糊，方見作手（《四溟詩話》卷三）

47　史小軍：《試論明代七子派的詩歌意象理論》，《陝西師範大學學報》1996年第3期。

予初冬同李進士伯承游西山，夜投碧雲寺，並憩石橋，注目延
賞。時薄靄濛濛，然澗泉奔響，松月流輝，頓覺塵襟爽滌，而興不可
遏，漫成一律。及早起臨眺，較之昨夕，仙凡不同，此亦逼真故爾。
（《四溟詩話》卷三）

　　一片自然風景，遠望則含糊，近看則逼真；夕賞則仙美，朝觀則
凡俗。詩歌意境也是如此，含糊則美，逼真則醜。所以，詩歌寫意造
境，就須「涵蓄有味」（《四溟詩話》卷二）。如他評詩云：

貫休曰：「庭花濛濛水泠泠，小兒啼索樹上鶯。」景實而無趣。太
白曰：「燕山雪花大如席，片片吹落軒轅台。」景虛而有味。（《四溟詩
話》卷一）

　　所謂「景實」，就是「逼真」，則缺乏審美趣味；所謂「景虛」，
就是「含糊」，則有深厚的審美趣味。這是對王廷相的「意境」論的進
一步發展。明代前、後「七子」談論「意境」，多在「合」字上立論。
何景明在《與李空同論詩書》中說：「夫意、象應曰合。」王世貞《皇
甫百泉三州集序》云：「情景妙合。」又《張肖甫詩序》云：「境有所
未至，則務伸吾意以合境。」又《藝苑卮言》卷一云：「神與境合。」
都穆《南濠詩話》也云：「景與情合。」謝榛受此影響，並「集眾長合
而為一」，提出了自己的看法。他說：「景乃詩之媒，情乃詩之胚，合
而為詩。」（《四溟詩話》卷三）從詩歌「意境」創作的角度來談，更
顯得全面而系統，是對以上三家之說的科學總結。其具體的創作過程
是：「景出想像，情在體貼，能以興為衡，以思為權，情景相因。」
（《四溟詩話》卷三）謝榛的「意境」論包括三個方面的內容：

一、觀察階段的「情景之合」

這是「意境」的萌生階段。大致有兩種情形，或是「情景相觸而成詩」（《四溟詩話》卷四），是觸景生情，情與景合；或是以情選景，「假山川以發豪興」。心中情並不受眼前景所限制，往往「不拘形勝，面西言東」，「譬若倚太行而詠峨嵋，見衡漳而賦滄海」（《四溟詩話》卷四），景與情合。前者景為主，情為賓；景是因，情是果。後者情為主，景為賓；情是因，景是果。但是，景是客觀的，人人眼中相同，故「觀則同於外」；而情是主觀的，人人心中各異，故「感則異於內」。在觀察階段，詩人只有「自用其力，使內外如一」（《四溟詩話》卷三），才能使情景相合，產生「意境」。要做到這一點，詩人在「登眺」之際，應「憂喜無兩色，偏正唯一心」，神情專注，「若面前列群鏡，無應不真」。只有這樣，才會「思入杳冥，則無我無物，詩之造玄矣哉！」（《四溟詩話》卷三）因為情入於景，故「無我」；由於景化為情，故「無物」，情景交合，「出入此心而無間也」（《四溟詩話》卷三）。

二、創作階段的「情景之合」

這是「意境」的構思和表達階段。謝榛說：「景乃詩之媒，情乃詩之胚，合而為詩。」（《四溟詩話》卷三）媒，媒質，載體；胚，胚根，靈魂。就是說，詩孕生於情，情乃詩之生命；但情是「內」在的，抽象的，無法傳達，因而要負載於景。所以，景乃詩之形質，是「外」在的，具象的。只有「內外如一」，才構成了情景交合、意境優美的詩。因此，「作詩本乎情景，孤不自成，兩不相背」（《四溟詩話》卷三）。就是說，情離開景而無所寄託，景離開情而沒有生命，故「孤不自成」；情要合乎景，以利寄託；景也要合乎情，便於生發，故「兩不相背」。這是情景之「合」的兩條審美原則。情景除了在性質上相合

外，還要在數量上相合，否則「景多則堆垛，情多則闇弱」（《四溟詩話》卷一）。就是說，景多則床上架床，缺少生氣；情多則「近於議論」（《四溟詩話》卷二），灰暗無光，皆不美。但是，情景之合，也並非情半斤景就八兩，做到絕對的平衡。這幾乎是不可能的，也是不必要的。所以，「寫景述事，宜實而不泥於實。有實用而害於詩者，有虛用而無害於詩者，此詩之權衡也」（《四溟詩話》卷一）。對於大家來說，「無此失矣」（《四溟詩話》卷一）。如杜甫的律體詩，「景多而情少」；李白的古體詩，「景少而情多」，前者實，後者虛，「各盡其妙」（《四溟詩話》卷二）。

三、鑑賞階段的「情景之合」

這是「意境」的審美階段，也是一個再創造階段。讀者欣賞詩歌，就是要捕捉詩中的意境。因為，在詩歌意境的結構中，「情融乎內而深且長，景耀乎外而遠且大」（《四溟詩話》卷四）。和觀察階段與創作階段一樣，讀者要把握詩中的意境，也要情與景合、「內外如一」（《四溟詩話》卷三），透過「外景」探視「內情」，味其「深且長」；又要帶著「內情」觀照「外景」，品其「遠且大」，在情景結合、內外如一的坐標中，獲得「意境」的整體形象和美感。這就叫「得其全」。如欣賞司空圖的詩句：「雨中黃葉樹，燈下白頭人。」謝榛說：「善狀目前之景，無限淒感，見乎言表。」（《四溟詩話》卷一）在詩中，「雨中黃葉樹」之景，與「燈下白頭人」之情，完美結合，形成了晚景孤淒、人生苦短的意境，而謝榛也是從「情」與「景」的結合上把握其意境的。再舉一例：「子美曰：『細雨荷鋤立，江猿吟翠屏。』此語宛然入畫，情景適會，與造物同其妙。」（《四溟詩話》卷二）這也是從「情景之合」上把握詩的意境。類似的例子還有評盧柟《讀書秋草園》一詩說「情景俱到，宛然入畫」（《四溟詩話》卷三）等等。

　　謝榛還認為，「作詩本乎情景」（《四溟詩話》卷三），「詩乃模寫情景之具」（《四溟詩話》卷四），將「意境」作為詩的本質來看，其認識是很高明的。同時，他又以「情景之合」為「意境」之法，即觀察法、創作法和鑑賞法，從而較為系統地論述了「意境」的孕育、創造和審美問題，為「意境」美學的發展，做出了他獨特的貢獻。正如曹旭先生所説：「從結構的角度闡明情、景在詩中的互相依存，互相融合，以創造詩美境界，發明權卻屬於謝榛。」[48]這個評價是公允的。

第七節　陸時雍的「情境創造」論

　　陸時雍在《詩鏡總論》中運用了「象」、「情」、「景」和「境」等「意境」術語，但使用最多的還是「意象」一詞。由於他論詩，主「情」而不主「意」，甚至有些「輕意」。所以，他的所謂「意境」，實質上是「情境」。正如《四庫全書總目提要》所評：「《總論》一篇，其大旨以神韻為宗，情境為主。」由此可見，「情境」問題是陸氏詩論和詩評的主要內容。他常常談論「情境」的創造問題，形成了比較系統的「情境創造」論。

　　陸時雍論詩標舉「意象」或「情境」，兩者基本上是相同的。他認為：「樹之可觀者在花，人之可觀者在面，詩之可觀者，意象之間而已。」（《唐詩鏡》卷十）詩的審美價值就在於有「意象」，有「情境」。所以，詩的創作主要是「情境」的創作。

　　「情境」的創造過程可分四個階段：

　　一、「取境」階段

48　蔣祖怡等主編：《中國詩話辭典》，北京出版社1996年版，第716頁。

陸時雍說：「造情取境，此詩家第一義。」（《古詩鏡》卷五）「情境創造」的兩個因素即「情」與「境」，是詩家創造的「第一義」。具體說，先有情，情為動力；次取境，境為載體。取什麼境？取「眼前景緻」，這是「詩家體料」（《詩鏡總論》）。怎樣取境？即「體物著情」，以情體物，以物著情，在「情」與「境」的結合上取境。「詩不待意，即景自成。意不待尋，興情即是。」情與景、意與境，均是在「體物」、「感興」的一瞬間所產生的。這就是陸時雍所說的「取境」。

二、「得境」階段

陸時雍說：「詩以得境為難，得境則得情矣。」（《古詩鏡》卷二十七）在「取境」階段，「情」與「境」已經在醞釀之中了。況且，「得意象先」，先「得意」，次「得境」，後「得情」。所謂「先得意」者，創作是理性活動。所謂「次得境」者，即「心有成象，目有成形」，通過體物感興，「情」與「景」在內心醞釀成形、構思成象，而這詩的形象就是所得之「境」。所謂「後得情」者，有兩點，一是將「意」化為「情」：「理義之辨，必附性情而後見。……意之所設，而情不與俱，不能強之使人，故聞之者悶焉。」（《詩鏡自序》）意灰而暗，不能感人；化為情則鮮活感人。二是「境」中含「情」，故「得境則得情矣」。因此，兩者結合，「情境雙得」，謂之「得境」。

三、「造境」階段

陸時雍說：「老杜長於造境，能造境，即情色種種畢著；李青蓮長於造情，情到即境不煩而足。」（《唐詩鏡》卷二十一）「情境」的創造，包括兩個方面：一是「造情」，又曰「鑄意」，「稱情以出之」。情感是微妙的，往往一閃即逝。所以，詩人要有「追情入妙」的本領。在藝術表現上，「情慾其真」，真故感人，使「獻笑而悅，獻涕而悲」；情還得有韻，「韻欲其長」。「善言情者，吞吐深淺。欲露還藏，便覺此衷無

限。」二是「造境」，又曰「佈景」，「率真以布之」。景物雖是顯然的，但要寫得鮮活生神，詩人也得有「探境窮微」的本領。在藝術表現上，也要既「真」又「韻」。「善道景者，絕去形容，略加點綴，即真相顯然，生韻亦流動矣。」所謂「點綴」，即「點染」。就是說，詩中「造境」，猶如畫中繪形，不必摹形肖容，而是略施筆墨，稍加點染，就會使其「神色畢著」，韻味無窮；兩者不可偏廢。

四、「境成」階段

陸時雍說：「境成有像。」「大約意境既成，則神色自傳，聲調即不煩而合矣。此第一上流。」如果從「取境」、「得境」到「造境」，都能按照他的「意境」美學思想去做，那麼，就必然會形成「情中有景，景外含情」的優美意境。

由此可見，陸時雍關於「情境」創作過程的認識，是全面的，也是系統的。

陸時雍對於「情境」的創造，還提出了一條審美要求，這就是「韻」。這「韻」不是聲韻之韻，而是神韻之韻。他說：「詩之佳，拂拂如風，洋洋如水，一往神韻，行乎其間。」對於「意境」的創造來說，「韻」表現在四個方面：一是有餘，即意有「餘情」，境有「餘地」，意境有「餘味」。這就是「有韻則遠，無韻則局」。這是對宋代范溫的「韻生於有餘」（《潛溪詩眼》〈論韻〉）觀點的發展。他說：「少陵七言律，蘊籍最深。有餘地，有餘情。情中有景，景外含情，一詠三諷，味之不盡。」情中有景，以景含情，故「有餘情」；景外含情，以情擴景，故「有餘地」；兩者完美結合，故有「餘味」。所以，他說「詩不患無情，而患情之肆」，如果「一往意盡，苦無餘情」；「詩不患無景，而患景之煩」，如果「雕繢滿腸」，則「神韻不生」。只有「韻氣悠然，有餘韻則神行乎間矣」，才「味之長」，「言之美也」。二是生動。「有韻則

生，無韻則死。」「生韻亦流動矣。」「有意無神」謂之死，死則成鬼，「鬼者，無生氣之謂也」。三是雅。「有韻則雅，無韻則俗。」所謂雅，則是虛實相生、形神兼備。情為虛，景為實。「實際內欲其意象玲瓏，虛涵中欲其神色畢著。」否則，「太虛則無味，太實則無色」。只有「有色有韻，吐秀含芳」才雅；只有「意廣象圓」，「形神無間」才雅。否則，「詩不入雅，雖美何觀矣」。四是自然。「境不必異，語不必奇」，以自然為韻。所以說，「凡情無奇而自佳，景不麗而自妙者，韻使之也」。

如：「『帶月荷鋤歸』，事亦尋常，而淵明道之極美。」這些看法很精湛，正如丁福保所云：「確有見地，非拾人牙慧者所可比擬。」（《歷代詩話續編》題評）

陸時雍上承公安、竟陵的「性靈」說，下啟王漁洋的「神韻」說，從一個獨特的角度，論述了「情境」的創造問題，在「意境」美學史上占有一席重要地位。

第八節　王夫之論「情景交融」

在「意境」美學發展史上，王夫之是一位重要的人物。和明清時期的許多美學家一樣，他也是通過「情」「景」的關係來談「意境」的。據有人統計，在王夫之的《薑齋詩話》和「三詩評選」中，「情」與「景」這對範疇共出現過一百零五次。[49]所不同的是，王夫之從哲學、心理學和詩學的高度，對「情」、「景」的關係論述得最為精湛、深刻和系統。但是，目前國內學術界對於王夫之「意境」美學的研究，還

49　肖馳：《中國詩歌美學》，北京大學出版社1986年版，第65頁。

停留在「情景交融」的層面上，遠遠沒有揭示出王夫之著作中所蘊含的「意境」美學思想的真正面目。本節從研讀原典出發，對王夫之的「意境」美學思想提出以下兩點看法：

一是王夫之沒有簡單地、表面地談論「情」「景」的關係問題，而是將這個問題納入到觀察、創作和鑑賞的詩歌活動的整個過程中，進行了系統的考察，論述了「意境」的生成和結構等問題，在「意境」美學理論上深化了一步，也前進了一步。

一、觀察：情景互生

王夫之認為，情景「有在心在物之分」，即在物者為景，在心者為情。但是，「意境」的創造是審美的創造，因而心與物、情與景之間的關系，是一種比較複雜的審美關係。這種審美關係的基礎是認識關係。他說：「有物於此，過乎吾前，而或見焉，或不見焉。其不見者非物不來也，已不往也……勞吾往者不一，皆心先注於目；而後目交於彼。不然，則錦綺之炫煌，施嬙之冶麗，亦物自物而己自己，未嘗不待吾審而遽入於吾中者也。」（《尚書引義》〈大禹謨二〉）王夫之很重視「心」「目」在審美中的作用，一方面「無目而心不辨色」，一方面無心而目亦不能觀物。所以，與對象構成審美關係的「心」，是「目」觀照下之靈心；而「目」亦是「心」專注下之靈目。靈心靈目相通，則物之美醜見矣；否則，心目不通，則「物自物」、「己自己」，主體與客體各是各，就構不成審美關係。所以，「心目為政」，在審美活動中占有很重要的地位。他又進一步指出：「物生而形形焉，形者質也。形生而像象焉，象者文也。形則必成象矣，象者像其形矣。……視之則形也，察之則像也，所以質以視章，而文由察著。」（《尚書引義》〈畢命〉）。這裡，「視之則形」，為目之作用，此是「觀」；「察之則像」，為心之作用，此是「察」。目觀物之形，同時心必察物之象。外在之

「物」進入「目」為「形」，進入「心」為「象」，內化的過程，也就是情化的過程。就是説，「物」被內化和情化兩次之後，便成為「象」，成為「文」，成為藝術的美的意象了。

因此，「天壤之景物，作者之心目，如是靈心巧手，礪著即湊」（《古詩評選》卷五）。這裡，「景物」是審美對象，是客體；「目」是「作者之目」即審美感官，「心」是「作者之心」，是「靈心」，即審美心理，這些是主體。王夫之對主體的審美心目很重視，多有論及。他認為，主體之目不是「俗子肉眼」，因為：「俗子肉眼，大不出尋丈，粗欲如牛目，所取之景，亦何堪向人道出？」（《古詩評選》卷六）主體之目，應是審美的眼睛。主體之心也不是「夾鉛汞人」之心，斤斤計較於煉丹求長壽，而是超越自我、超越功利之心。從心理內容看，「詩言志，非言意也；詩達情，非達欲也」（《詩廣傳》卷一）。「意」「欲」是低級的心理內容，甚至夾雜著生理的或功利的內容（如欲），與審美的關係較遠；而「志」、「情」是較高級的心理內容，與審美的關係較近。況且「經生之理不關詩理，猶浪子之情無當詩情」（《古詩評選》卷五）。很顯然，「經生之理」、「浪子之情」與審美的關係較遠，而「詩理」、「詩情」才是審美的心理。

所以，在觀察階段，審美主體「心目之所及」，與審美對象（景物）構成審美關係時，「文情赴之」即審美情感與「心目」同趨於對象，亦即主體「所懷來」之情與客體之「景相迎」，那麼情景在主體「心中目中與相融浹」。因此，「夫景以情合，情以景生，初不相離」。就是説，「情景」在觀察階段就相融而不相離。否則，「截分兩橛，則情不足興，而景非其景」（《姜齋詩話》卷二）。離開了「景」，無法興「情」；離開了「情」，景也不是「詩景」了。所以，「景生情，情生景」，兩者互生互融而不分。「故外有其物，內可有其情矣；內有其情，外必有其

物矣」（《詩廣傳》卷一）。於是「賓主歷然，熔合一片」。

二、創作：情景交融

在創作階段，作者「胸中有丘壑，眼底有性情」，在「心目相取處得景得句」。就是說，在「心目相取處」往往會產生靈感，故易「得景得句」。但要掌握住「造未造」、「化未化之前」的時機，抓住靈感。否則，「才著手便煞，一放手又飄忽去」，或者說「一覓巴鼻（根由），鷂子即過新羅國去矣」（《夕堂戲墨》卷五）。但所得靈感已是情景交融的了，「心中目中與相融浹，一出語時，即得珠圓玉潤」；「情景一合，自得妙語」。

王夫之認為，要「以寫景之心理言情」。具體說，就是：「言情則於往來動止縹緲有無之中，得靈蠁而執之有象；取景則於擊目經心、絲分縷合之際，貌固有而言之不欺。而且情不虛情，情皆可景；景非滯景，景總含情。」（《古詩選評》卷五）在整個創作過程中，都是情景交融、意象雙會的過程，而且情若以情宣之，則虛而不可捉摸，故「情皆可景」；若景以景寫之，則滯而為死景，故「景總含情」。所以，情景交融，是意境創造的必然要求，即「情景相入，涯際不分」。

在王夫之看來，情景交融有三種形式：一是「景語」形式，即「景總含情」，寓情於景之中，也就是「景中情」。在這種形式中，藝術表現的對像是「景」，「情」次之，故景為主，情為賓；景為實，情為虛。如王夫之所舉「高台多悲風」「蝴蝶飛南園」「池塘生春草」等，「情寓其中矣」。二是「情語」形式，即「情皆可景」，以景達情，也就是「情中景」。在這種形式中，「情」是藝術表現的對象，景次之，故情為主，景為賓。如王夫之所舉「親朋無一字，老病有孤舟」等，「情中含景」。三是「理語」形式。自嚴羽以來，在詩歌創作中形成了「揚情排理」的風氣。王夫之對此提出了新的看法。他認為，「理」只要不是

「議論入詩」，也是能夠構成詩境的。他認為，「《大雅》中理語造極精微」。「詩入理語，惟西晉人為劇。理亦非能為西晉人累，彼自累耳！」「詩源情，理源性，斯二者豈分轅反駕者哉！」（《古詩評選》卷二）。「無名理者，不能作景語。」（《唐詩評選》卷三）在這種形式中，「理」是藝術表現的對象，景次之，寓理於景之中，「理隨物顯，唯人所感」，「俯仰物理，而詠歎之」，理與景融，構成「意境」。總之，這三種形式分別是對寫景詩、抒情詩和哲理詩「意境」創造經驗的總結。王夫之還發展了「象外」說。關於「象外」的概念，在魏晉時就提出來了。但是，「象外」何有？當時人語焉不詳。後來，便出現了「象外之象」、「象外之意」、「象外之言」等觀點。王夫之很推崇「意境」的空靈之美。他認為，「意境」是一個由「象外」與「圜中」所構成的「空中結構」，而且「何象外之非圜中，何圜中之非像外」（《明詩評選》卷四），整個「意境」是一個通體澄澈、虛靈無限的審美境界。創造這樣的「意境」時，只要「廣攝四旁」，則「圜中自顯」，「能使在遠者近，摶虛作實，則心自旁靈，形自當位」（《唐詩評選》卷三）。猶如畫云中飛龍，東一鱗，西一爪，南一角，北一尾，而全龍自顯。在詩，則「如終南之闊大，則以『欲投人處宿，隔水問樵夫』顯之」（《唐詩評選》卷三）。那麼，「象外」與「圜中」的「空中結構」裡有什麼呢？有光，有聲，有影，三者皆是「虛而有像」的。這就好像「繢不可見之色如絺繡焉，播不可聞之聲如鐘鼓焉，執不可執之象如纘辥焉」。如他評張協《雜詩》所云：「但以聲光動人魂魄。」他還評阮籍《詠懷》詩云：「字後言前，眉端吻外，有無盡藏之懷，令人循聲測影而得之。」又如何遜《苑中見美人》：「羅袖風中卷，玉釵林下耀，團扇承落花，復持掩余笑。」這是一首典型的「廣攝四旁，圜中自顯」的空靈意境，即以羅袖、玉釵、團扇及「承花落」、「掩余笑」兩個動作，便畫活了一個

「苑中美人」。所以，王夫之評云：「借影脫胎，借寫活色。」他還說，這是「空中樓閣如虛有者，而礎皆貼地，戶盡通天」（《古詩評選》卷五）。再如王儉《春詩》：「蘭生已匝苑，萍開欲半池。輕風搖雜花，細雨亂叢枝。」王夫之評云：「此種詩直不可以思路求佳。二十字如一片云，因日成彩，光不在內，亦不在外，既無輪廓，亦無系理。可以生無窮之情，而情了無寄。」（《明詩評選》卷三）因此，作者只有「以追光躡景之筆，寫通天盡人之懷」（《古詩評選》卷四）才能創造這種「意境」。

三、鑑賞：情景雙收

王夫之說：「『片石孤雲窺色相』四句，情景雙收，更從何處分析？」（《姜齋詩話》卷二）。王昌齡的《詩格》、舊題白居易的《文苑詩格》、普聞的《詩論》和范晞文的《對床夜語》等，都從詩句結構的角度，研究和分析「意境」的結構，諸如上句景，下句情；上句情，下句景；二句意，二句境等。起初，這是研究「意境」美學的新角度和新方法，但到明清時卻發展為一種形式主義，較嚴重地影響了詩歌「意境」的創造。王夫之的這段話，就是針對這種形式主義而說的。然而，如果換一種角度看，他又何嘗不是從詩歌意境的鑑賞角度講的，說的是「意境」的鑑賞問題？這是從李頎的《題璿公山池》詩說起的。李詩云：「遠公遁跡廬山岑，開土幽居祗樹林。片石孤雲窺色相，清池皓月照禪心。指揮如意天花落，坐臥閒房春草深。此外塵俗都不染，惟余元度得相尋。」這是一首「詠禪詩」。皎然在《詩式序》中說：「世事喧喧，非禪者之意。……豈若孤松片雲，禪坐相對，無言而道合，至靜而性同哉？吾將深入杼峰，與松雲為侶。」主體與客體「禪坐相對」時，便構成了宗教審美關係，主體的「無言」與客體的「道」相合，客體的「至靜」與主體的「性」相同，於是主體「與松雲為侶」，

與客體融為一體，具備禪心，臻至禪境，達到禪宗美學的最高境界。因此，佛教美學也強調「心物相融，物我兩忘」[50]。在李頎的這首詩中，詩人「境淨萬象真，寄目皆有意」（皎然《東溪草堂》）。即片石、孤雲與色相，清池、皓月與禪心，以及如意天花，閒房春草，禪心與禪境融為一體，因而情中有景，景中含情，情景雙收，不可分析。

王夫之還主張「從容涵詠」，「以詩解詩」（《姜齋解詩》卷一）。所謂「從容涵詠」，是欣賞主體淡化其主體意識，把握詩歌意境的基本內涵；所謂「以詩解詩」，是用詩人的心態、詩人的眼光來讀詩。儒家詩學多主張以倫理的或政治的眼光來讀詩，故所解皆在詩的圈子外；王夫之的看法對此有所糾正，「以詩解詩」，就是欣賞主體應設身處地，情與景融，把握詩的意境內涵。如欣賞杜甫「親朋無一字，老病有孤舟」詩句，說：「自然是登岳陽樓詩。嘗試設身作杜陵，憑軒遠望觀，則心目中二語居然出現，此亦情中景也。」（《姜齋詩話》卷二）欣賞謝朓「天際識歸舟，雲間辨江樹」，說：「隱然一含情凝眺之人呼之慾出，從此寫景，乃為活景。」（《古詩評選》卷五）由此可見，讀者所對詩作中的「景者，情之景；情者，景之情也」（《唐詩評選》卷四），情景是交融不分的。所以，欣賞時也要設身處地，從容涵詠，以詩解詩，體悟詩境。當然，欣賞主體也應有自己的創造。「作者用一致之思，讀者各以其情而自得。……人情之遊也無涯，而各以其情遇，斯所貴於有詩。」如「『謨定命，遠猶辰告』，觀也；謝安欣賞，而增其遐心」（《姜齋詩話》卷一）。

總之，在王夫之看來，「情景交融」並不限於詩歌創作階段，在詩人的觀察階段和讀者的鑑賞階段裡，也同樣存在著「情景交融」的現

50　王海林：《佛教美學》，安徽文藝出版社1992年版，第302頁。

象。這就是說，意境並不僅僅存在於詩歌文本之中，而且存在於包括觀察和鑑賞在內的整個詩歌活動過程中。所以，「意境」尤其是詩的意境，並不只是一種書面化了的凝固態，而是不斷在詩人心中呈現和在讀者心中還原的動態的「意象流」。無論在當時還是現在，這都是一種新穎而深刻的「意境」美學思想。

二是王夫之從哲學、心理學和詩學相結合的學術視野中，來把握「意境」的本質。在王夫之看來，「情景交融」並不單純是詩歌「意境」的創造方法，它作為「意境」美學的一個重要問題，有其哲學、心理學和詩學的理論基礎。

先看其哲學基礎。王夫之是清代一位很有影響的哲學家。他從老莊、《周易》和荀子的哲學思想中，吸收其精華，建構了自己具有唯物辯證色彩的哲學思想體系。他認為，主體與客體是一種相依相存、相輔相成的對立統一關係。「夫物之不可絕，以己有物；物之不容絕也，以物有己。……一眠一食皆與物俱，一動一言而必依物起。」（《尚書引義》卷一）就是說，人「一眠一食」，肉體生活離不開「物」；而且「一動一言」的精神生活也離不開「物」。所以，從某種意義上說，「物」內化為「心」，「心」亦可外化為「物」。因此，「心，無非物也；物，無非心也」（《尚書引義》卷一）。他還認為，「天致美於百物而為精，致美於人而為神，一而已矣」。這是對「天人合一」思想作了美學的發揮，即物美為精，人美為神，物美與人美的統一，就是精與神的統一。表現在文藝上，就是「百物之精」與「休嘉之氣」統一，而成「文章之色」（《詩廣傳》卷五）。這些觀點便是「情景交融」觀的哲學基礎。

次看其心理學基礎。王夫之認為，「形也，神也，物也，三相遇而知覺乃發」（《張子正蒙注》卷一）。「神與物遇」，乃是認識的開始。

他又説：「識之者，五常之性所與天下相通而起用者也。知其物乃知其名，知其名乃知其義，不與物交則心具此理而名不能言，事不能成。」（《張子正蒙注》卷一）可見「心與物交」，才能識，才能言，才能成。當然，在認識過程中，主體之心並非空白一片，而是其中有「所懷來」之物，即原有的心理內容。它在認識中也有一定的作用，即所謂「見聞所不習者，心不能現其象」（《張子正蒙注》卷二）。這些觀點便是「情景交融」觀的心理學基礎。

後看其詩學基礎。王夫之將哲學和心理學的思想運用在詩學上，深刻地論述了「情」與「景」融的「意境」美學特徵。他説：「視而不可見之色，聽而不可聞之聲，搏而不可得之象，霏微蜿蜒，漠而靈，虛而實，天之命也，人之神也。命以心通，神以心棲。故詩者，像其心而已矣。」

（《詩廣傳》卷五）詩的本質，是表現心的形象，即「意境」；而「意境」的本質，又是天人合一、心物交遇的結果。詩的意境中，有色，可視而不可見；有聲，可聽而不可聞；有像，可搏而不可得。因為它是由語言文字所營造成的，與音樂意境、繪畫意境和雕塑意境不同，「漠而靈，虛而實」，屬於心靈的藝術，主要靠想像審美，所以要「從容涵詠」，「以詩解詩」。這是詩歌意境的審美特點。正因為詩情是抽象的，語言是抽象的，所以，只有「以寫景之心理言情」，才能將「身心中獨喻之微，輕安拈出」。因而，對於詩的「意境」的創造來説，「情景交融」就不僅顯得重要，而且是必不可少的。他説：「形於吾身以外者，化也；生於吾身以內者，心也。相值而相取，一俯一仰之際，幾與為通，而浡然興矣。」（《詩廣傳》卷二）「有外，則相與為兩，即甚親，而亦如父之與子也；無外，則相與為一，雖有異名，而亦若耳目之於聰明也。」（《周易外傳》卷七）心與物交融不分，才有

詩境。所以「物皆情」，「挈天下之物，與吾情相當者不乏矣」（《詩廣傳》卷一、卷五）。詩人之心，「有與天地同情者，有與禽魚草木同情者」。這些觀點便是「情景交融」觀的詩學基礎。

綜上所述，「意境」是一種動態的「意象流」，它存在於觀察、創作和鑑賞的整個詩歌活動中，存在於詩人和讀者的心理狀態中。作為「意境」的本質，「情景交融」在當時也不能算是一種新的美學思想。王夫之的新貢獻是從哲學、心理學和詩學相結合的學術視野中，論述了「情景交融」（意境）的本質問題。這些就是王夫之「意境」美學思想的精義所在。王夫之的美學方法論，諸如系統研究法、多學科結合法和以詩解詩法等，都具有較強的現代色彩，對於我們今天的「意境」美學研究，仍有著十分重要的啟悟價值。因此，王夫之的「意境」美學思想很系統，很深刻，達到了一個燦爛的高度。借用葉朗先生的話說，王夫之不僅是一位「美學大師」[51]，也是一位「意境」研究的大師。

第九節　梁啟超的「新意境」說

在近代資產階級維新派的文學革新運動中，作為其領袖人物的梁啟超，曾先後提出了「詩界革命」「文界革命」「小說界革命」和「戲劇改良」等主張，全面地提出了各體文學革新的綱領和目標。其《飲冰室詩話》就是一部「專為總結、宣傳『詩界革命』運動而作，只談『詩界革命』中人，只記『詩界革命』中事，只論有關『詩界革命』的各種問題，完全不同於泛論古今的傳統詩話」[52]。

51　王海林：《佛教美學》，安徽文藝出版社1992年版，第302頁。
52　《中國詩學大辭典》，第269頁。

　　「新意境」，是「詩界革命」的重要內容。梁氏於一八九九年十二月二十五日在《汗漫錄》（又名《夏威夷遊記》）中，提出和論述了「新意境」的問題。後來，他在《飲冰室詩話》中，又多次論及「新意境」。他認為，黃遵憲的詩「意境」無一襲前賢，「獨闢境界，卓然自立於二十世紀詩界中」，是「新意境」的代表作家。梁氏的「新意境」說，是「意境」美學發展史上的一個新貢獻。

　　他認為：「詩之境界，被千年來鸚鵡名士（予嘗戲名「詞章家」為「鸚鵡名士」，自覺過於尖刻）占盡矣。雖有佳章佳句，一讀之，似在某集中曾相見者，是最可恨也。」就是說，詩的「意境」，被千年來的詩人寫盡了，但寫來寫去，模仿有餘，而創新不足。因此，「詩界革命」的首要任務，就是像哥倫布發現新大陸那樣，發現「新意境」，創造「新意境」。

　　他說：「欲為詩界之哥倫布、瑪賽郎，不可不備三長：第一，要新意境；第二，要新語句，而又須以古人之風格入之，然後成其為詩。」在這裡，「新語句」，指新名詞、新詞句和新的語言表達方式，其中包括外來詞語的運用。如他指出，丙申、丁酉間，譚嗣同、夏曾佑等作「新學之詩」，就「頗喜摭扯新名詞以自表異」。（《飲冰室詩話》）如譚嗣同詩《金陵聽說法》中的兩句詩：「綱倫慘以喀私德，法會盛於巴力門。」其中「喀私德」一詞，即Caste的音譯，指印度社會的等級制度；「巴力門」一詞，即Parliament的音譯，是英國議院的名稱。這是以「歐洲語」、「新名詞」為「新語句」。而「古人之風格」，指傳統詩詞的風味、格律等。

　　那麼，什麼是梁氏所謂的「新意境」呢？按他的說法，應是「歐洲意境」。他認為，詩歌的「新意境」，「不可不求之於歐洲」。具體地說，就是既要有「新意」，即「歐洲之真精神、真思想」；又要有「新

境」，即指歐洲新的物質文明。如黃遵憲的名作《今別離》四首，歌詠
了輪船、火車、電報、照相片、東西半球晝夜相反四事，其中《詠輪
船火車》詩云：「鐘聲一及時，頃刻不少留。雖有萬鈞柁，動如繞指
柔。豈無打頭風，亦不畏石尤。送者未及返，君在天盡頭。望影倏不
見，煙波杳悠悠。去矣一何速，歸定留滯不？所願君歸時，快乘輕氣
球。」詩中以鐘錶、萬鈞柁、輕氣球、輪船、火車等新意象構成詩的
「新境」，又以送別憂愁之情和歌頌新事物之意構成詩的「新意」，從而
創造了「新意境」。梁啟超對此詩很推崇，評曰：「純以歐洲意境行
之」，「陵轢千古，涵蓋一切」。

　　從梁啟超的詩歌評論中可以看出，他所謂的「新意境」，實際上偏
向於「新意」即「歐洲之真精神、真思想」的強調。它至少包括兩方
面的內容，一是採取新科學的思想，融入詩境。如評《以蓮菊桃雜供
一瓶作歌》云：「半取佛理，又參以西人植物學、化學、生理學諸說，
實足為詩界開一新壁壘。」（《飲冰室詩話》）又如評《滅種吟》曰：「鎔
鑄進化學家言，而每章皆有寄託，真詩界革命之雄也。」二是以愛國、
圖強、尚武、變革等思想為「新意」。如黃遵憲歌頌愛國將軍的《馮將
軍歌》、控訴美帝國主義虐待華僑的罪行的《逐客篇》以及《哀旅順》
《台灣行》等，梁啟超評曰：「並世憂天下之士，必將有用子之詩，以
存吾國，主吾種，續吾教者。」（《人境廬詩草跋》）。

　　因此，正如黃霖先生指出的：「梁啟超的『新意境』的實際內容是
相當廣泛的，但其基本精神是要求反映新思想，描寫新事物，將國民
引向新境地。」[53]這個概括是準確的。「新思想」即「新意」，「新事物」
即「新境」，兩者合之即「新境地」，即「新意境」。這是「意境」美學

53　《近代文學批評史》，上海古籍出版社1993年版，第366頁。

近代化的表現，也是近代詩歌創作經驗理性昇華的產物。這個變化是由小我情緒的宣洩到大我理想的抒發，將「新思想、新理想」融入「新詩境」；由風、花、雪、月、草、木、蟲、魚、山、水等「意象」（即農業文明「意象」）到火車、輪船、電報、照片、輕氣球「意象」（即工業文明「意象」）的轉換，將「新詩境」化入「新詩意」之中。這就是梁氏所謂的「新意境」，一種由中國文化內核置換為西方文化內核的「歐洲意境」。這是近代向西方尋求真理並以之改革腐朽內政的資產階級改良運動在「意境」美學研究中的反映。

梁啟超還認為，在「新意境」、「新語句」和「古風格」（舊風格）三者之中，「新意境」是詩的內容，而「新語句」和「古風格」則是詩的形式。「詩界革命」的重點是「新意境」即詩的內容，而不是詩的形式。他說：「過渡時代，必有革命。然革命者，當革其精神，非革其形式。……能以舊風格含新意境，斯可以舉革命之實矣。」（《飲冰室詩話》）他以此作為評詩論詩的標準。認為，詩的內容與詩的形式統一，即「三者俱備，則可以為二十世紀支那之詩王矣」，如黃遵憲的詩就是「舊風格含新意境」的典範，故極力推崇之；否則，「若以堆積滿紙新名詞為革命，是又滿洲政府變法維新之類也」，是形式主義，如夏曾佑、譚嗣同等只是「善選新語句」，「至今思之，誠發可笑」，不足以當「革命」之稱。

梁啟超的「新意境」說，是近代資產階級改良運動和文學革新運動在「意境」美學研究中的反映，也是近代詩歌創作經驗的理論總結，是時代的產物，[54]因而在當時有一定的合理性，在「意境」美學發展史

---

54 在當時，除梁啟超外，林紓、康有為等人都提出了創造「新意境」的問題，不過只有梁氏的理論較為系統和全面。

上也應占有一定地位。但是，他的「歐洲意境」的說法是值得商榷的，因為這是不同文化背景下的美學範疇問題。「意境」範疇只能從屬於中國美學，而不從屬於歐洲美學，所以「歐洲意境」的說法是不正確的。它混淆了「意境」範疇的美學歸屬問題。儘管，在歐洲抒情詩中，也存在著「情景交融」的「意境」。但這是創作上的問題，而不是美學問題。在歐洲美學中，是不存在「意境」範疇的。所以，「歐洲意境」的說法不科學。而且，以工業文明「意象」諸如火車、輪船、電報等替代農業文明「意象」來構成「新意境」，這只是近代詩學的一種幻想。和資產階級改良運動的失敗一樣，這種說法一則失去了「意境」美學本質的支持，二則缺乏文化的根基，三則受到了民族傳統審美心理的排斥，因而這種說法不僅在近代沒有兌現，在現代也沒有兌現。就是說，現代詩的「意境」仍然由山、水、風、花、雪、月、草、木、鳥、蟲、魚等農業文明「意象」為主要構成因素。這一點是梁啟超所未能料到的。當然，「輸入歐洲之精神思想」，作為一種「詩料」，從而融入詩境之中，則是完全可以的。在「意境」美學研究方面也未嘗不可，王國維的「意境」論就是成功的一例。

除了「新意境」說外，梁啟超還在《惟心》一文中，論述了「心境」說。當然，「心境」說也不是梁氏的發明，而是有久遠傳統的。其間接影響來自《樂記》的「心物」說和《淮南子》的「載哀載樂」說，其直接影響則來自王昌齡、權德輿和方回等人。王昌齡在《詩格》中說：「夫置意作詩，即須凝心，目擊其物，便以心擊之，深穿其境。」又說：「處身於境，視境於心。」權德輿在《唐蘇州開元寺律和尚墳銘》中進一步說：「境非心外，心非境中，兩不相存，而兩不相廢。」後來，方回在《心境記》中將這一思想又向前發展了。他說：「心即境也，治其境而不於其心，則跡與人境遠，而心未嘗不近；治其心而不

於其境，則跡與人境近，而心未嘗不遠。」這個觀點是圍繞著陶淵明
《飲酒》其五中的「結廬在人境」、「心遠地自偏」兩句詩展開的，主要
討論隱士的生存境界問題：或境隱而心不隱，或心隱而境不隱。這就
是晉人王康琚《反招隱詩》所說的「小隱隱陵藪，大隱隱朝市」。陶淵
明屬於「大隱」而歷來被人稱道。沒有錯，王昌齡的「心境」即「意
境」；權德輿雖是談「禪境」，也關涉到「意境」；至於方回的「心境」
說更與「意境」關係密切。這有兩個原因，其一，與方回從這首陶詩
中生發出「心境」說一樣，今人王達津先生則根據這首詩中的「結廬
在人境」「此中有真意」兩句而生發出了「意境」說。他認為：

> 文論中的意境概念，應源於陶淵明的《飲酒》詩「結廬在人境」
> 這一首，詩客觀上揭示出意境如何體現的藝術方法。
> 這首詩首次萌生了意境的學說，還不曾被注意到。
> 詩的意境說最早應源於陶詩。
> 所以，陶詩分明是意境說的先驅。[55]

　　由此看來，「心境」即是「意境」了。其二，方回認為，「心境」
的差異性，關鍵取決於「心」。他分析說：「吾嘗即其詩[56]而味之：東籬
之下，南山之前，采菊徜徉，真意悠然，玩山氣之將夕，與飛鳥以俱
還，人何以異於我，而我何以異於人哉？」又說：「顧我之境與人同，
而我之所以為境，則存乎方寸之間，與人有不同焉者耳。」這一思想對
於梁啟超的影響很大。他充分論述了「心」對於「境」的能動作用，

55　王達津：《意境說與陶淵明、權德輿》，《意境縱橫探》，南開大學出版社1986年版，
　　第125-126頁。

56　指陶淵明《飲酒》其五《結廬在人境》一詩。

指出：

　　境者，心造也。一切物境皆虛幻，惟心所造之境為真實。同一月夜也，瓊筵羽觴，清歌妙舞，繡簾半開，素手相攜，則有餘樂；勞人思婦，對影獨坐，促織鳴壁，楓葉繞船，則有餘悲。同一風雨也，三兩知己，圍爐茅屋，談今道故，飲酒擊劍，則有餘興；獨客遠行，馬頭郎當，峭寒侵肌，流潦妨轂，則有餘悶。「月上柳梢頭，人約黃昏後」與「杜宇聲聲不忍聞，欲黃昏，雨打梨花深閉門」，同一黃昏也，而一為歡愉，一為愁慘，其境絕異。「桃花流水杳然去，別有天地非人間」與「人面不知何處去，桃花依舊笑春風」，同一桃花也，而一為清淨，一為愛戀，其境絕異。「舳艫千里，旌旗蔽空，釃酒臨江，橫槊賦詩」與「潯陽江頭夜送客，楓葉荻花秋瑟瑟，主人下馬客在船，舉酒欲飲無管弦」，同一江也，同一舟也，同一酒也，而一為雄壯，一為冷落，其境絕異。然則天下豈有物境哉，但有心境而已。（《惟心》）

　　由此可見，所謂「其境絕異」，主要是「心異」，即「心異」致使「境異」。故說「其分別不在物而在我」。這就好比戴著有色眼鏡去觀物，「戴綠眼鏡者，所見物一切皆綠；戴黃眼鏡者，所見物一切皆黃」。梁氏據此進一步發揮說：

　　山自山，川自川，春自春，秋自秋，風自風，月自月，花自花，鳥自鳥，萬古不變，無地不同。然有百人於此，同受此山、此川、此春、此秋、此風、此月、此花、此鳥之感觸，而其心境所現者百焉；千人同受此感觸，而其心境所現者千焉；億萬人乃至無量數人同受此感觸，而其心境所現者億萬焉，乃至無量數焉。……仁者見之謂之

仁，智者見之謂之智，憂者見之謂之憂，樂者見之謂之樂，吾之所見者，即吾所受之境之真實相也。故曰：惟心所造之境為真實。

「心境」説至此可謂論説得淋漓盡致了。但意思無非是一個，即「境則一也」，而人心對此境之所感觸則不同。「樂之、憂之、驚之、喜之，全在人心。」從意境的創造和欣賞來看，梁氏的「心境」説是有道理的，而且充分強調了「心」（意）對於「境」的能動性、主體性和個體差異性，簡直與西方「一千個讀者有一千個哈姆雷特」的思想不謀而合。但是，其説也有不足之處，就是他忽視了兩點：「境」也在變化，也有差異性。試想，「桃花流水杳然去」與「桃花依舊笑春風」怎麼可能是「同一桃花」呢？「人約黃昏後」與「欲黃昏，雨打梨花深閉門」又怎麼可能是「同一黃昏」呢？因此，「境一」只能是同時、同地、同對象的「境一」，而不是其他。這是其一。其二，他過度誇大了人心的差異性，並將它絕對化了。其實，人心除了差異性一面，還有著共同性。在審美方面表現出來，就是共同的美感。孟子説：「目之於色也，有同美焉。」（《告子》）莊子也説：「夫天地者，古之所大也，而黃帝、堯、舜之所共美也。」（《天道》）連古人都明白這個理兒，梁氏怎麼就忽視了呢？儘管個中有因，但也不能無視他的偏頗。

綜上所述，「新意境」説與「心境」説合而觀之，就構成了梁啟超的「意境」美學思想。不過，前者最具有「革命」性，而後者則多來自對傳統和禪學的繼承。但是，兩者都十分精彩，是「意境」美學史上的一處亮麗的風景。

第十節　王國維的「境界」説

　　王國維是古代「意境」美學的集大成者。在王國維的文藝美學論著中，特別是在《人間詞話》中，他曾經使用了「境」、「情」、「景」、「意境」和「境界」等「意境」美學術語。一九〇七年，他在託名樊志厚所撰的《人間詞乙稿序》中，使用「意境」術語多達二十三次，是一篇著名的「意境」美學專論。一九〇八年，他在《人間詞話》中，明確標舉「境界」。一九一二年，他又在《宋元戲曲史》中，放棄「境界」而談「意境」。這說明在王國維那裡，「境界」與「意境」是相同的，甚至「境」、「情」、「景」與「意境」也是相同的。那麼，為什麼他在《人間詞話》裡，不標舉「意境」而要標舉「境界」呢？我以為，主要是為了標新立異。據統計，在近代，「意境」術語使用率為六十四次，而「境界」術語使用率為三十二次。如果除去王國維本人所使用的二十五次外，只有七次，即沈曾植、林紓、況周頤、眷秋、梁啟超等人才偶爾一用。也許，王國維本欲標舉「意境」，但當時「意境」已為人熟知，故為新人耳目，便在已有的「意境」美學術語中「拈出『境界』二字」來了。

　　王國維在《人間詞話》（通行本，以下引文未注出處者均見此書）第九條中指出：「然滄浪所謂『興趣』，阮亭所謂『神韻』，猶不過道其面目，不若鄙人拈出『境界』二字，為探其本也。」又在《〈人間詞話〉未刊手稿》第十四條中說：「言氣質，言格律（按：三字原已刪去），言神韻，不如言境界。有境界，本也；氣質、格律、神韻，末也。有境界而三者隨之矣。」[57]對此，蒲菁的「補箋」指出：「近三百年來說詩者，王士禛之神韻說，屈復之寄託說，趙執信之聲調說，翁方綱之

57　參閱滕咸惠《人間詞話新注》（45／刪13）（齊魯書社1986年版）與陳杏珍、劉烜《〈人間詞話〉重訂》（《河南師大學報》1982年第5期）。

肌理説，沈德潛之格調説，袁枚之性靈説，舒位之才氣説，而先生則持境界説也。」[58]由此可見，從宋代嚴羽以來，特別是近三百年來，在各家學説林立的詩壇上，王國維獨樹一幟，標舉「境界」説，並自以為是抓住了詩歌美學的根本問題。

王國維的「境界」説有以下幾個方面的基本內容：

一、「境界」內涵

王國維有四段話，闡釋了「境界」的內涵：

境非獨謂景物也，喜怒哀樂亦人心中之一境界。故能寫真景物真感情者，謂之有境界，否則謂之無境界。(《人間詞話》)

何以謂之有意境？曰：寫情則沁人心脾，寫景則在人耳目，述事則如其口出是也。(《宋元戲曲史》第12章)

詞以境界為最上。有境界則自成高格，自有名句。(《人間詞話》)

古今詞人格調之高，無如白石。惜不於意境上用力，故覺無言外之味，弦外之響，終不能與於第一流之作者也。(《人間詞話》)

從這四段引文中，可見王國維在「境界」內涵上，有繼承，也有發展。所謂繼承者，有二：

（一）、情景交融

境界是「真景物」與「真感情」的統一。他在《文學小言》中説：

「文學中有二原質焉：曰景，曰情。……前者知識的，後者感情的也。」
「要之，文學者，不外知識與感情交代之結果而已。苟無銳敏之知識與
深邃之感情者，不足與於文學之事。」這是在強調情景交融。在《屈子
文學之精神》中說：「其寫景物也，亦必以自己深邃之感情為之素地。」
在《人間詞乙稿序》中說：「文學之事，其內足以攄己，而外足以感人
者，意與境二者而已。上焉者，意與境渾。」又說「意境兩渾」，「意
境兩忘，物我一體」。

（二）、言外之味

司空圖談「意境」，崇虛尚外，一方面，意境雄渾，「超以象外，
得其環中」；一方面，意境含蓄，「不著一字，盡得風流」（《二十四詩
品》）；並且主張意境要有「象外之象，景外之景」（《與極浦書》），「韻
外之致」，「味外之旨」（《與李生論詩書》）。嚴羽談「意境」亦尚空靈。
他說：「詩者，吟詠情性也。盛唐詩人惟在興趣，羚羊掛角，無跡可
求。故其妙處，瑩徹玲瓏，不可湊泊，如空中之音，相中之色，水中
之月，鏡中之象，言有盡而意無窮。」（《滄浪詩話》〈詩辨〉）王國維
談「意與境渾」，「意境兩渾」之「渾」，是從司空圖那兒拈來。他還在
《人間詞話》中引了嚴羽的這段話（古按：王氏恐從記憶中引用，故將
「盛唐詩人」誤作「盛唐諸公」，「瑩徹」誤作「透澈」，「不可湊泊」
誤作「不可湊拍」，「水中之月」誤作「水中之影」，歷來注家從未指
出），雖批評其「不過道其面目」，不若「境界」探其本也，殊不知他
的「境界」說中已吸收了嚴氏之說。除了他對「北宋以前之詞」的極
力推崇可以證實這點外，他的「高格」亦取自嚴羽。至於他認為，「意
境」應有「言外之味，弦外之響」，則是繼承了司空圖和嚴羽之說。他
評論關漢卿《謝天香》第三折和馬致遠《任風子》第二折的意境時說：
「語語明白如畫，而言外有無窮之意。」這就看得更為明白了。

　　所謂發展者，也有二：

　　（1）、論述了「情景交融」的三種形態從唐代的王昌齡以來，宋代的普聞、范晞文，明代的謝榛，清代的王夫之、歸莊、吳喬、賙濟，近代的方東樹、朱庭珍、施補華等人，都談到了情景交融問題。但是，情景如何交融？大多一筆帶過，不作深入之論。或者人云亦云，或者見仁見智。但亦有作深探者，如謝榛、王夫之等人，已表現出了「三分」的趨勢：如普聞的「意句」、「境句」和「境中帶意」句（《詩論》）；謝榛的「八句皆景」、「八句皆情」和「景多而情少」、「景少而情多」（《四溟詩話》）；王夫之的「景語」、「情語」和「情景一合」之「妙語」；施補華的「景中有情」、「情中有景」和「情景兼到」（《峴傭説詩》）等。王國維在此基礎上，論述了「意境」的三種形態。

　　一是「景物」形態，即「以境勝」。王國維説：「出於觀物者，境多於意。」藝術表現的對象主要是「景物」，藝術表現的方法是「寫景」，藝術意境的特點是「境多於意」。所以，從「意境」形態上看，是「以境勝」。在審美上，表面看來只是「景物」形象，而無情感。因此，王國維又將其稱為「無我之境」，或稱為「寫境」。它的美感特點是「豁人耳目」。

　　二是「情感」形態，即「以意勝」。王國維説：「出於觀我者，意余於境。」藝術表現的對象主要是「我」，是「情感」，藝術表現的方法是「寫情」，藝術意境的特點是「意余於境」。從「意境」形態上看，是「以意勝」。所以，在審美上，表面看來只是「情感」形象，而無景物。因此，王國維又將其稱為「有我之境」，或稱為「造境」。它的美感特點是「沁人心脾」。這樣一來，「專作情語」者，也是「意境」的一種形態。王國維在《人間詞話》（自選本）中説：「情感，亦人心中之一境界。」原稿本作「感情」，通行本為「喜怒哀樂」。據「自選本序」

可知其出最晚，約為一九一六年，「很可能是王國維從日本回國以後選輯的」。[59]因此，將情感視為境界之一種，是對「意境」美學的新貢獻。他在《文學小言》中說：「自他方面言之，則激烈之情感，亦得為直觀之對象，文學之材料。」就是說，在王氏看來，情感不僅是文學的表現對象，也是文學的審美對象。「如牛嶠之『甘作一生拼，盡君今日歡』；顧瓊之『換我心為你心，始知相憶深』。」（《〈人間詞話〉未刊稿》）對於這些「專作情語」的詞句，若按傳統意境論衡之，是無意境的（因有意無境）。然而王國維卻認為它寫了「真感情」，而且能「沁人心脾」，因而亦是「人心中之一境界」。這樣就擴大了「意境」的內涵。

三是「情景交融」形態，即「以意境勝」。王國維說：「上焉者，意與境渾。」所謂「渾」者，即「意境兩忘，物我一體」。藝術表現的對象是「情」和「景」，藝術表現的方法是「寫真景物真感情」，藝術意境的特點是「情景交融」，「意境兩渾」。從「意境」形態上看，是「以意境勝」。在審美上，「故不知何者為我，何者為物」，其美感特點是「意境兩忘，物我一體」。

（2）、提出了「意境」的第四種形態，即「述事則如其口出」

「意境」，主要是從抒情文學即詩歌創作和鑑賞經驗中總結出來的一個美學範疇。所以，在王國維以前，「意境」的內涵元素主要是「情」「景」「意」「境」四者。所以，「意境」批評的對象也主要是抒情文學，諸如詩、詞、賦、文；或者寫意性的藝術，諸如書法、繪畫、園林等。當然，也有指出敘事文學意境的。如明人李贄評點《水滸傳》第一回「王四醉酒」時說：「近情儘興，絕好事境，絕好文情。」這是指小說意境。又明人祁彪佳《遠山堂劇品》云：「傳情者，須在想像間，

59　《人間詞話新注》，第132頁。

故別離之境，每多於合歡。實甫之以《驚夢》終《西廂》，不欲盡境之也。」這是戲曲意境。到清代，金聖歎和李漁等人也談到了小說、戲曲意境。但是，「事境」說的影響並不大，更沒有形成一種「意境形態論」。王國維繼承了李贄、湯顯祖、祁彪佳等人的「事境」說，並將其融入「意境」論之中，明確地提出了「事境」形態說。這是意境美學的新發展。

首先，王國維對「景（境）」作了新的解釋。他在《文學小言》中說：「文學中有二原質焉：曰景，曰情。前者以描寫自然及人生之事實為主，後者則吾人對此種事實之精神的態度也。」可見，王國維並未另立新術語，而是將「事」融入於「景」之中。這明顯是受了傳統意境美學的影響。在傳統的意境說中，「意」（情）包括主體對自然的情感和社會人事的情感，「境」（景）也包括客體的自然景物和社會環境，然而由於受史前而來的根深柢固的自然審美文化的影響，中國傳統的美學家從不凸現「事」的元素，而只主張「情」（意）、「景」（境）二元論，即主體的情感即使是社會性的情感，也只能通過自然景物來表現。這就是「天人合一」的美學傳統。所以，傳統的「意境」理論只適用於抒情文學和寫意藝術，而對於敘事性文藝的批評則無能為力了。王國維從解決這一問題的願望出發，將「事」的元素引入「意境」範疇，擴大了「意境」內涵，即由「情」、「景」二元擴大為「情」、「景」、「事」三元，使它不僅適合於抒情文學和寫意藝術的批評，而且也適合於敘事性文藝的批評。

其次，王國維對「詩歌」概念重新定義。他在《屈子文學之精神》中說：「詩歌者，描寫人生者也（用德國大詩人希爾列爾[60]之定義）。此

60　希爾列爾，現譯「席勒」。此譯法又見於王國維《叔本華與尼采》一文。

定義未免太狹。今更廣之曰：『描寫自然及人生』，可乎？」西方詩多為敘事詩，故重「人生」，以「描寫人生」為首務；中國詩多為抒情詩，故重「自然」，以「描寫自然」為根本。王國維看到了這種差別。他在《文學小言》中説：「上之所論，皆就抒情的文學言之。（《離騷》詩詞皆是。）至敘事的文學，（謂敘事詩、史詩、戲曲等，非謂散文也。）則我國尚在幼稚之時代。元人雜劇，辭則美矣，然不知描寫人格為何事。……以東方古文學之國，無一足以與西歐匹者，此則後此文學家之責矣。」所以，王國維從中西文學比較的角度，以彌補中國文學不足為己任，以「描寫自然及人生」為詩重新定義，為中國的敘事文學躋於世界文學之林而努力。

最後，王國維還用「意境」範疇評論元代戲曲和小説《紅樓夢》等，為「意境」美學進入敘事文學領域，作出了實踐性的努力。如關漢卿《謝天香》第三折《正宮端正好》詞云：「我往常在風塵，為歌妓，不過多見了幾個筵席，回家來仍作個自由鬼，今日倒落在無底磨牢籠內！」王國維認為，這是「言情述事之佳者」，所以得出「惟意境則為元人所獨擅」的觀點。

因此，這第四種「意境」形態，即為「述事」形態。藝術表現的對象主要是「事」，藝術表現的方法是「述事」，藝術意境的美感特點是通俗自然，「如其口出」。如圖示：

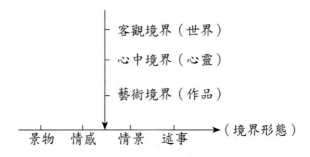

　　這四種形態的境界（意境），主要是針對文藝作品中所表現出來的「境界」說的。其實，王國維的「境界」內涵相當豐富，即除了文藝作品中的境界之外，還有客觀世界之境界和人「心中之境界」。這樣便由「客觀境界」（本源）→「心中境界」（反映）→「藝術境界」（創造）三者，構成了其境界的全部內涵。如他說「一切境界，無不為詩人設」，這是指「客觀境界」。又說：「夫境界之呈於吾心而見於外物者，皆須臾之物。」「情感，亦人心中之一境界。」這是指「心中境界」。又說「詞以境界為最上」，這是指「藝術境界」。王國維不僅從橫向拓展了「藝術境界」的內涵（即四種形態），還從縱向將境界的內涵拓展到藝術創作的全過程，足見其內涵不僅豐富，而且系統，是集古之大成，開今之先河的第一人。

二、「境界」的類型

　　由於王國維所謂的「境界」內涵包含了藝術創作的全過程，所以，他便從藝術創作過程的廣闊視野中，將「境界」劃分為四種類型。

（一）、「詩人之境界」與「常人之境界」

　　王國維說：「有詩人之境界，有常人之境界。詩人之境界，惟詩人能感之而能寫之……常人皆能感之，而惟詩人能寫之。」（《〈人間詞話〉附錄》）他認為，在常人和詩人面前，「客觀境界」和「心中境界」是相同的，所不同的只是「藝術境界」。「天下清景，不擇賢愚而與之。」詩人和常人所面對的「客觀境界」是相同的，而且對之所感的「心中境界」也是相同的[61]，所不同的只是詩人具有藝術表現（寫）的能力，能夠將「須臾之物」的「心中境界」，表現為「不朽」的「藝術境界」。

61　其實，詩人和常人的「心中境界」，有同與不同兩方面，王氏當時沒有認識到這點。詩人與常人相比，不僅能「寫」，還有一個豐富的、敏感的審美心靈。這才是根本的不同。

王國維看到了詩人與常人的共同一面，即共同的人性、共同的心理機
能和共同的美感。這些是「藝術境界」傳播和不朽的人性基礎，即「入
於人者至深，而行於世也尤廣」。魯迅先生在《摩羅詩力說》中也說過
相類似的話：

「凡人之心，無不有詩，如詩人作詩，詩不為詩人獨有，凡一讀其
詩，心即會解者，即無不自有詩人之詩。無之何以能解？惟有而未能
言，詩人為之語。」但是，王國維忽視了詩人與常人不同的心理機能和
不同的美感這一面。就是說，「詩人境界」與「常人境界」的區別不僅
在於藝術表現能力，而且在於審美心理，即「心中境界」的不同是關
鍵之所在。王國維關於「詩人之眼」「一切境界，無不為詩人設」「世
無詩人，即無此種境界」的說法，似乎也意識到了這個問題，只是沒
有論述透徹。

（二）、「造境」與「寫境」

王國維說：「有造境，有寫境，此理想與寫實二派之所由分。」唐
代呂溫、明代陸時雍和清代林紓都用過「造境」一詞。如呂溫說：「研
情比象，造境皆會。」（《聯句詩序》）林紓說：「境者，又意之所造也。」
「試問若無意者，安能造境？」所謂「造境」，即「虛構一境」。（《春
覺齋論文》〈意境〉）王國維的「造境」由此而來，「寫境」則是自創。
但是，其內涵又是受了西方美學的影響。這是以藝術創作方法所劃分
的境界類型。所謂「寫境」，即「寫實之境」，具體描寫客觀的「自然
及人生」，做到窮形盡相，形似逼真；所謂「造境」，即「虛構之境」，
在理想燭光的觀照下，借景抒情，神似微妙。「然二者頗難分別。因大
詩人所造之境，必合乎自然，所寫之境，亦必鄰於理想故也。」「自然
中之物，互相關係，互相限制。」即使「寫實之境」，也無法和盤托
出，而是要根據審美理想，進行審美選擇，「必遺其關係、限制之處。

故雖寫實家，亦理想家也」；即使「虛構之境」，也不可唯心臆造，荒誕無稽，而是「其材料，必求之於自然；其構造，亦必從自然之法則。故雖理想家，亦寫實家也」。在現代，有許多研究者將「寫境」當作現實主義創作方法，將「造境」當作浪漫主義創作方法，似有機械硬套之嫌，看作「寫實法」和「寫意法」較妥。前者偏於「寫境」，故「以境勝」；後者偏於「寫意」，故「以意勝」。

（三）、「有我之境」與「無我之境」

王國維說：「有有我之境，有無我之境。」這種劃分既受了傳統的影響，又受了叔本華的影響，是中西美學結合的產物。「有我之境，以我觀物，故物皆著我之色彩。」宋代邵雍在《觀物外篇》中說：「以我觀物，情也。」就是說，「我」是帶著情感的態度去觀物，必然是「情偏」「任我」，主體性太強，使「物」上蒙染著我的情感色彩，從而使物「昏暗」不清，失去了其本來的面目，故說「情偏而暗」，「任我則情，情則蔽，蔽則昏矣」。叔本華認為，所謂「以我觀物」，就是以「欲之我」觀物。所以，「主觀的心境，意志的感受，把自己的色彩反映在直觀看到的環境上」，從而使「物」主觀化，「完整無遺地皆備於我」[62]。王國維將邵、叔二氏的思想熔為一爐，運用於「意境」美學研究，提出了「有我之境」。如：「淚眼問花花不語，亂紅飛過鞦韆去。」「可堪孤館閉春寒，杜鵑聲裡斜陽暮。」王國維認為是「有我之境也」。在這裡，「花」、「杜鵑」皆是情化之物，或者說是情感的象徵和意象。王國維還認為，「有我之境，由於動之靜時得之」，所以表現為「宏壯」的審美形式。就是說，「我」觀「物」時，由於「心不靜」，「總是作為

---

62 叔本華：《作為意志和表象的世界》，石沖白譯，商務印書館1982年版，第346、233頁。

感動，作為激情，作為波動的心境」[63]，在「動之靜時」（即如叔本華
說的「靜躁的交替」時）所得的審美意象就是壯美的。蒲菁在「補箋」
中說：「東坡詩：『卷地風來忽吹散，望湖樓下水如天』是得之動中。
我動而物亦動。但動中有靜，否則病態也。」[64]這是說，東坡詩上句
動，下句靜，則「動中有靜」，否則兩句皆動，意境則不美。

　　王國維說：「無我之境，以物觀物，故不知何者為我，何者為物。」
其特點是：物我一體，互融難分。因為物為物，我亦為物，以物觀
物，所以只見「物」而不見「我」了。邵雍說：「以物觀物，性也。」
就是說，「我」是帶著理智的態度去觀物的。莊子說：「聖人之心靜乎，
天地之鑒也，萬物之鏡也。」（《莊子》〈天道〉）主體專心致志，百慮
俱靜，就成為客體的一面鏡子。邵雍對此作了很好的發揮，說：「鑑之
能不隱萬物之形，未若水之能一萬物之形也。雖然，水之能一萬物之
形，又未若聖人能一萬物之情也。」因為，聖人「不以我觀物」，而「以
物觀物也」。所謂「以物觀物」有兩點：一是以「理」觀物，即「非觀
之以目，而觀之以心也；非觀之以心，而觀之以理也」。二是以超越個
體之「我」（「小我」）的「群體之我」（「大我」）觀物，即「是知我
亦人也，人亦我也，我與人皆物也。此所以能用天下之目為己之目，
其目無所不觀矣」。

　　這也就是「以一心觀萬心，一身觀萬身，一物觀萬物」（《觀
物》）。這也正是唐人孔穎達在《毛詩序正義》中說的：「其作詩者，
道己一人之心耳，要所言一人心，乃是一國之心。詩人覽一國之意以
為己心，故一國之事系此一人使言之也。」「詩人總天下之心、四方風

63　《作為意志和表象的世界》，第346頁。

64　靳德峻、蒲菁箋註：《人間詞話》，第6頁。

俗以為己意」，所以，「言天下之事，亦謂一人言之」。由此可見，「以物觀物」的前一個「物」，仍是主體之「我」，而不是客體之「物」（即後一個物）。不過這個「我」，是超越了個體情慾的「理之我」（即叔本華的「知之我」），也是超越了個體功利的「群之我」（即「一國之我」「天下之我」）。這是「哲學家之我」，也是「美學家之我」。以這樣的「我」觀物，便「公」而無「私」，「性公而明」，「因物則性，性則神，神則明矣」。具有「天下為公」之「我」的人，或是英雄，或是聖人（即哲學家）。

這種思想也來自叔本華。他認為，只有當「我」「不再是個體的人了」，而是「無意志的、無痛苦的、無時間的主體」，即「成為認識的純粹主體」時，所認識的客體（物）也「就不再是如此這般的個別事物，而是理念，是永恆的形式，是意志在這一級別上的直接客體性」。因為，「作為個體，人只認識個別事物，而認識的純粹主體則只認識理念」。所以，以物觀物，就是以「認識的純粹主體」觀表現理念的「直接客體」。這時，主體的「全部意識為寧靜地觀審恰在眼前的自然對象所充滿，不管這對象是風景，是樹木，是岩石，是建築物或其他什麼。人在這時，按一句有意味的德國成語來說，就是人們自失於對象之中了，也即是說人們忘記了他的個體，忘記了他的意志；他已僅僅只是作為純粹的主體，作為客體的鏡子而存在；好像僅僅只有對象的存在而沒有覺知這對象的人了，所以人們也不能再把直觀者（其人）和直觀（本身）分開來了，而是兩者已經合一了；這同時即是整個意識完全為一個單一的直觀景象所充滿，所占據」[65]。在這裡，「沒有覺知這對象的人了」，即是「無我」。叔本華所揭示的就是「天人合一、

65　《作為意志和表象的世界》，第249、250、251頁。

物我不分」的審美境界。「認識的純粹主體」「使自己浸沉於對自然的
直觀中，把自己都遺忘了到這種地步」。「所以，他是把大自然攝入他
自身之內了，從而他覺得大自然不過只是他的本質的偶然屬性而已。
在這種意義之下，拜倫說：『難道群山，波濤，和諸天／不是我的一部
分，不是我／心靈的一部分，／正如我是它們的一部分嗎？』」[66]因
此，在叔本華看來，所謂「以物觀物」，就是以「知之我」觀物，「也
即是不關利害，沒有主觀性，純粹客觀地觀察事物」[67]。

　　王國維又將邵、叔二氏的思想熔為一爐，運用於意境美學研究，
提出了「無我之境」。他舉例說：「『采菊東籬下，悠然見南山。』『寒
波澹澹起，白鳥悠悠下。』無我之境也。」在這裡，並非絕對的無我。
因為，「采」者，為「我」改採；「見」者，為「我」所見。至於「澹澹」
「悠悠」，也有「我」之色彩。然而，這個「我」，是邵雍說的「理之我」
「群之我」，也是叔本華說的「知之我」、「認識的純粹主體」，一句話
是「哲學家的我」，是「美學家的我」。他所強調的只是「天人合一，
物我不分」，即如「寒波澹澹起，白鳥悠悠下」，確實是「不知何者為
我，何者為物」。由此可見，絕對的「無我之境」是不存在的，只不過
是「我」之隱顯、大小不同而已。「有我之境」，是「意余於境」，故「以
意勝」，是「我」之「顯」，然這我只是有情有欲之「小我」；「無我之
境」，是「境多於意」，故「以境勝」，是「我」之「隱」，然這我只是
無情無慾之「大我」。反過來說，無論「有我之境」還是「無我之境」，
都有「物」在，只不過是「物」之多少而已。即是「有我之境」，也是
如此。作為藝術作品，「我」不能赤裸裸地表現，而是以「物」為載體

66　《作為意志和表象的世界》，第253頁。
67　《作為意志和表象的世界》，第274頁。

表現出來。雖然，王國維也認為有「專做情語而絕妙者」，但畢竟是「此等詞古今曾不多見」。所以，他說：「然非物無以見我，而觀我之時，又自有我（古按：結合上下文，應為「物」，「我」恐是王氏筆誤。但這點從未有人指出，真遺憾！）在。」因此，物與我、意與境「二者常互相錯綜，能有所偏重，而不能有所偏廢也」。正是基於此，王國維說：「古人為詞，寫有我之境者為多，然未始不能寫無我之境，此在豪傑之士能自樹立耳。」就是說，「無我之境」乃是「聖人之境」（邵雍）和「智者之境」（叔本華），即是王氏說的「詩人之境」，也即是我認為的「哲學家之境」和「美學家之境」，一句話不是「常人之境」，所以只有「能自樹立」的「豪傑之士」，才能創造「無我之境」。

王國維還說「無我之境，人惟於靜中得之」，所以表現為「優美」的審美形式。他在《文學小言》中說，所謂靜觀，「則必吾人之胸中洞然無物，而後其觀物也深，而其體物也切」。他在《紅樓夢評論》中論述得更為透徹：「苟一物焉，與吾人無利害之關係，而吾人之觀之也，不觀其關係，而但觀其物：或吾人之心中，無絲毫生活之慾存，而觀其物也，不視為與我有關係之物，而但視為外物，則今之所觀者，非昔之所觀者也。此時吾心寧靜之狀態，名之曰優美之情，而謂此物曰優美。」就是說，「我」觀「物」時，由於「心靜」，即用「寧靜的、沉默的、脫去意志的胸襟」，「如此客觀地觀審」[68]事物時，才能獲得優美的情感和意象。蒲菁在「補箋」中說：「淮海詩：『風定小軒無落葉，青蟲相對吐秋絲。』是得之靜中。我靜而物亦靜。但靜中有動，否則死象。」[69]這是說，淮海詩上句靜，下句動。青蟲吐絲，形之動，聲之

68　《作為意志和表象的世界》，第275頁。

69　靳德峻、蒲菁箋註：《人間詞話》，第6頁。

響，雖微乎其微，但在靜之背景中仍可見出，所以靜中有動，玲瓏優美。否則，上下句皆靜，一片死氣，何美之有？

（四）、「大境界」與「小境界」

王國維說：「境界有大小。」從王氏的詞評中可以看出，「境界」的大小表現在兩個方面：

一是「意」的大小。如他說：「尼采謂：『一切文學，余愛以血書者。』後主之詞，真所謂以血書者也。宋道君皇帝《燕山亭》詞亦略似之。」王氏將南唐後主李煜與北宋徽宗趙佶兩個亡國之君的詞進行了比較。此兩人都是昏君、亡國之君，都做了他國的階下囚，而且又都會寫詞。然而，不同的是：後主酷好浮屠，徽宗迷信道教，皆廢政事；後主苟且偷安，醉生夢死，以聲色亡國，徽宗荒淫無度，大肆揮霍，以刮民亡國；後主亡國後，猶有痛失家國之悔，父老巷哭之，徽宗亡國後，仍然計較個人之失，百姓唾罵之。所以，此兩人精神境界不同，為詞境界亦不同。徽宗《燕山亭》詞，有「天遙地遠，萬水千山，知他故宮何處？怎不思量，除夢裡、有時曾去」詞句，雖愁苦淒涼，然只是憶念故宮權位。後主有「故國不堪回首月明中」，「無限江山，別時容易見時難」，「四十年來家國，三千里地山河」，「問君能有幾多愁？恰似一江春水向東流」，「剪不斷，理還亂，是離愁。別是一般滋味在心頭」等詞句，痛失家國，愁苦不堪。因此，王國維評曰：「然道君不過自道身世之戚，後主則儼有釋迦、基督擔荷人類罪惡之意，其大小固不同矣。」這是說，後主詞境意大，徽宗詞境意小。

與此相關的是題材的大小。王國維說：「詞至李後主而眼界始大，感慨遂深，遂變伶工之詞而為士大夫之詞。」詞是由「燕樂」演變而來的。這是從西北少數民族傳入的一種樂曲，當時的民間藝人為了配曲便填寫一些新詞，即「曲子詞」。在正統文學觀的支配下，詩與詞在題

材上有明顯的不同，詩言志，多寫家國之事，是官方的「雅文藝」；而詞緣情，多寫兒女之情，是民間的「俗文藝」。從題材看，前者大，後者小。經過「花間詞人」的推波助瀾，詞的題材範圍愈來愈狹窄，為士大夫文人所不齒，這便是王氏所說的「伶工之詞」；從李後主開始，詞一變而寫家國之事，並且詞風由婉約漸變為豪放，所取題材範圍就大了。這便是王氏所說的「士大夫之詞」。因而題材大，則意大；題材小，則意小。

二是「境」的大小。也分兩個方面，首先是「意象」的大小。如王氏所舉：「『細雨魚兒出，微風燕子斜』，何遽不若『落日照大旗，馬鳴風蕭蕭』。」細雨、微風、魚兒、燕子，意象小巧玲瓏；而後者則落日、風蕭蕭、大旗、馬鳴，一幅氣勢雄壯的塞上行軍圖，意象宏大壯觀。其次是「境」的大小。如王氏所舉：「『寶簾閒掛小銀鉤』，何遽不若『霧失樓台，月迷津渡』也。」前者由寶簾、小銀鉤兩個小意象和片刻之時構成一個小的「境」；後者則由大霧、樓台、月色、津渡四個大意象和一日之時（上句為晨，下句為夜，合為一日）構成一個大的「境」。

當然，也有意大境大、意小境小者。這些便是王國維所說的「大境界」和「小境界」。他還說：「境界有大小，不以是而分優劣。」為什麼「不以是而分優劣」呢？因為，這是兩種不同的「美的形式」。在中國古代美學中，有「以大為美」者，如莊子；也有「以小為美」者，如「三寸金蓮之美」。《禮記》〈禮器〉則以大、小兩者並舉。在西方美學中，康德認為，「大美」的形式是「崇高」，「小美」的形式是「優美」。台灣學者王夢鷗在談到王氏的大小境界時指出：「所謂大者是近

於崇高，所謂小者是近乎優美。」[70]在王國維看來，優美與壯美（崇高）都是美的形式，所以沒有優劣高下之分。他說：「美之為物有二種：一曰優美，一曰壯美與壯美，皆使吾人離生活之慾，而入於純粹之知識者。」因此，「大境界」與「小境界」也是這樣，都能夠滿足人們的審美需要，所以說「不以是而分優劣」。

三、「境界」的標準

王國維關於「境界」有一個總的審美標準，這便是「真」。他說：「故能寫真景物真感情者，謂之有境界，否則謂之無境界。」就是說，構成「境界」有兩個條件：一是「景物」與「感情」的元素，二是達到「真」的審美標準，二者缺一不可。王氏的這個美學思想，在哲學上是受了莊子的影響；在美學上則是受了王昌齡、沈德潛等人的影響。王昌齡說：「三曰意境，亦張之於意而思之於心，則得其真矣。」（《詩格》）這是最早談到「意境」與「真」關係的人。沈德潛說：「直白語自是真境。」（《唐詩別裁集》卷七）況周頤也說：「『真』字是詞骨，情真景真，所作必佳。」（《蕙風詞話》）這些觀點皆是王氏之說的根據。王國美。夫優維根據這個總的審美標準，又提出了以下幾點審美要求：

（一）、主體之真：「赤子之心」

赤子，初生的嬰兒。孔穎達《尚書疏》云：「子生赤色，故言赤子。」孟子《離婁》云：「大人者，不失其赤子之心者也。」朱熹注云：「赤子之心，則純一無偽而已。然大人之所以為大人，正以其不為物誘，而有以全其純一無偽之本然。」王國維受這種思想的影響，認為：「詞人者，不失其赤子之心者也。」王氏只將孟子語中的「大」換成了

70　王夢鷗：《文藝美學》，台灣遠行出版社1976年版，第191頁。

「詞」，可見其所言的「赤子之心」，就是「純一無偽」之真心。這正是莊子所説的「真在內者，神動於外，是所以貴真也」（《漁父》）。其特點有三：一是「無偽」，真實的；二是「不為物誘」，超功利而無慾的；三是「純一」，不為世俗所染而純正的。此三者所備之心，就是「赤子之心」，就是「詞人之心」。這類似於李贄的「童心」和況周頤的「詞心」，也類似於叔本華和尼采所説的「大孩子之心」。

在王氏看來，「赤子之心」又有兩種表現形態：一是主觀的赤子之心，即「主觀詩人之心」，這是描寫「真感情」的主體心理基礎。王國維以李後主和納蘭容若為例來談這個問題。李後主「生於深宮之中，長於婦人之手」，涉世不深，因而有一顆純真的「赤子之心」。如佛雛先生所指出的：「後主當然説不上什麼『崇高』，但確乎具有『天真』與『單純』的藝術家氣質。試看他在歸宋後，一味哀嘆『眼淚洗面』，『玉樓瑤殿』之深悲，『一江春水』之長恨，乃至『悔殺潘佑、李平』之公開表白，根本不識『忌諱』為何物。比之『樂不思蜀』的安樂公劉禪，以及『願得執梃為諸降王長』的劉鋹（南漢後主）之流，在『閱世』這一點上，他的確是『淺』而又『淺』了。然而，在王氏看，也許正是在這一點上，倒玉成了這位詞學史上的彗星式人物，藝術家——『大孩子』。」[71]所以，後主作為「人中之君」是渺小的，而作為「詞中之帝」（王鵬運語）則是偉大的。而納蘭容若由於「初入中原，未染漢人風氣」，也有一顆純真的「赤子之心」。所以，他能「以自然之舌言情」，「故能真切如此」。王氏由此得出結論説：「主觀之詩人，不必多閱世。閱世愈淺，則性情愈真。」主觀詩人觀物時，能「出乎其外」，「有輕視外物之意，故能以奴僕命風月」，所造之境「以意勝」，

---

71 佛雛：《王國維詩學研究》，北京大學出版社1997年版，第288頁。

是「有我之境」。

二是客觀的赤子之心，即「客觀詩人之心」，這是描寫「真景物」的主體心理基礎。就是說，客觀詩人要排除心中一切雜念，「胸中洞然無物」，即「以物觀物」。王國維將主觀的赤子之心稱為「天真」，將這種客觀的赤子之心稱為「忠實」。這思想也來自莊子。他說：「真者，精誠之至也。不精不誠，不能動人。」（《漁父》）王國維將這種思想融入他的「境界」說之中。他認為：「詞人之忠實，不獨對人事宜然，即對一草一木，亦須有忠實之意。」所謂「忠實之意」，亦即「有重視外物之意」。客觀詩人觀物時，能「入乎其內」。所謂「入乎其內」，就是「多閱世」。他認為，客觀詩人要「多閱世，閱世愈深，則材料愈豐富，愈變化」。相反，所謂「出乎其外」，就是「少閱世」，「閱世愈淺，則性情愈真。」因此，客觀詩人觀物則物真，「故能與花鳥共憂樂」，描寫「真景物」；觀事則事真，故能「述事則如其口出」。所寫之境「以境勝」，是「無我之境」。

總之，詩人只要有「赤子之心」，抒情則情真，寫景則景真，述事則事真，就能創作出具有「寫景、抒情、述事之美」（《元劇之文章》）的真境界。

（二）、表達之真：「自然」

莊子說：「真者，所以受於天也，自然不可易也。故聖人法天貴真，不拘於俗。」（《漁父》）所謂「法天貴真，不拘於俗」，就是「自然」。因此，「真」即「自然」，「自然」即「真」。近人錢振鍠在《詞話》中談到王氏之說時，認為：「詞之高處為自然……真則自然矣。」[72]許文雨也說：「故必真實始得謂之境界，必運思循乎自然之法則，始能造

72　郭紹虞主編：《中國歷代文論選》第4冊，第386頁。

此境界。」[73]可見王國維受莊子思想的影響，將「自然」作為「真」的
內容之一，並多用於表達之真方面。總括起來，有四層意思。

一是只有破除「文體模式」，才能表達自然，創造真境。他認為：
「蓋文體通行既久，染指遂多，自成習套。豪傑之士，亦難於其中自出
新意。」他舉出「律絕敝而有詞」。就是說，「詩至唐中葉以後，殆為
羔雁之具矣」。律詩絕句發展至極，便成為模式。詩的時代過去了，接
踵而來的則是詞的時代。在詞的時代裡，「詩體模式」標明詩已成為一
種僵死的東西，成為束縛詩人的枷鎖。因此，即使如歐陽修、秦觀等
大詞人，「以其寫之於詩者，不若寫之於詞者之真也」。可見「文學上
之習慣，殺許多之天才」。所以，詩人只有「遁而作它體，以自解
脫」，才能抒真情、寫真景、述真事，創造真境界。

二是只有破除「題材模式」，才能表達自然，創造真境。他認為：
「自古人誤以為美刺、投贈、詠史、懷古之用。題目既誤，詩亦自不能
佳。」「題目」即「題材」，一旦成為模式，內失真情，外失真景，難
有真境之作。因此，王國維說：「人能於詩詞中不為美刺、投贈（古
按：原稿下面還有「懷古」、「詠史」）之篇……則於此道已過半矣。」
「故感事、懷古等作，當與壽詞同為詞家所禁也。」

三是不作「人工之詞」，才能表達自然，創造真境。王國維認為，
詩人創作時，只有「不使隸事之句，不用粉飾之字」，使語言文字通俗
自然，「脫口而出，無矯揉妝束之態」，才有真實境界，才是「天真之
詞也」。

四是不模仿古人，才能表達自然，創造真境。王國維說：「『秋風

73　許文雨：《鍾嶸詩品講疏・人間詞話講疏・附補遺》，成都古籍書店影印1983年版，
　　第170頁。

吹渭水，落葉滿長安」，美成以之入詞，白仁甫以之入曲，此借古人之
境界為我之境界者也。然非自有境界，古人亦不為我用。」因為，「借
古人之境界」，畢竟不是「我之境界」。它不自然，也不真實。所以，
只有創新，才能寫眼前之真景，抒心中之真情，才能「自有境界」。

　　總之，王國維從「真」出發，特別推崇「自然」。他在《元劇之文
章》中說：「元曲之佳處何在？一言以蔽之，曰：『自然而已矣。』古
今之大文學，無不以自然勝，而莫著於元曲。……關目之拙劣，所不
問也；思想之卑鄙，所不諱也；人物之矛盾，所不顧也。彼但摹寫其
胸中之感想，與時代之情狀，而真摯之理，與秀傑之氣，時流露於其
間。故謂元曲為中國最自然之文學，無不可也。」可見只要真誠，便無
所忌諱，也是自然的美的。即使如「昔為倡家女，今為蕩子婦。蕩子
行不歸，空床難獨守」這樣的詩，「然無視為淫詞……以其真也」。王
氏崇尚莊子「法天貴真，不拘於俗」的思想，認為「俗子可厭」，甚至
說「寧失之倡優」，也「不失之俗子」。

　　（三）、境界之真：「不隔」

　　「隔」這個術語也不是王氏所創，而是取自唐代佚名的《賦譜》。
該書云：「隔句對者，其辭云隔。」[74]並講了六種「隔」的體式。王氏
借此來談「意境」審美上的「隔」。對此，歷來學者也從未指出過。錢
振鍠解釋說：「予謂『隔』只是不真耳。」由此可見，所謂「不隔」，
就是「真」。對於作品中的境界，從讀者的審美觀賞角度看，是情真景
真，看得真切，就是「不隔」；否則，「如霧裡看花，終隔一層」，便是
「隔」。王國維肯定前者，將「不隔」作為「境界」的一條審美標準。
即「景真」，「語語都在目前」，並有「豁人耳目」的審美效果，「便是

74　張伯偉：《全唐五代詩格校考》，陝西人民教育出版社1996年版，第535-538頁。

不隔」。如「『采菊東籬下，悠然見南山。山氣日夕佳，飛鳥相與還』、『天似穹廬，籠蓋四野。天蒼蒼，野茫茫，風吹草低見牛羊』，寫景如此，方為不隔」；或是「情真」，「句句都在心裡」，並有「沁人心脾」的審美效果，「便是不隔」。如：「『生年不滿百，常懷千歲憂。畫短苦夜長，何不秉燭游』、『服食求神仙，多為藥所誤，不如飲美酒，被服紈與素』，寫情如此，方為不隔。」在詩詞中，用「替代字」也是造成「隔」的一個主要原因。如用「紅雨」「劉郎」代「桃」，用「章台」「灞岸」代「柳」。王國維説：「詞忌用替代字。美成《解語花》之『桂華流瓦』，境界極妙，惜以『桂華』二字代『月』耳。」就是説，如水的月光在房瓦上流淌，月夜之景，如在目前。所以，「境界極妙」；只可惜以「桂華」代「月」，使人「如霧裡看花，終隔一層」。其實，對於詩詞意的審美來説，「如霧裡看花，終隔一層」，也未嘗不美。如前人所説，含蓄、模糊和朦朧的意境不僅美，而且是一種更高的美。可惜王氏對此沒有認識到，略為不足。

綜上所述，便是王國維「境界」説的主要內容。除此之外，他還在「境界」的創造、欣賞和批評方面，也有精彩的論述，限於篇幅，暫且不論。由此可見，王氏的「境界」説是全面的、深刻的和系統的，不僅新見迭出，而且熔中西美學為一爐，在「意境」美學史上占有十分重要的地位。

第十一節　結語：歷史語境中的「意境」理論

「意境」，是中國美學發展到一定階段的產物。它產生前有一個孕育期，產生後又有一個發展期。在中國文化的時空中，它的孕育、產生和發展，形成了一條特殊的歷史軌跡，即一部「意境」美學史。

　　在這一條特殊的歷史軌跡上，我們發現兩個問題：其一，「意境」是一個不斷生長和發展著的美學範疇，或者說是一個動態的美學範疇。一個歷史時期的「意境」理論與另一個歷史時期的「意境」理論，並不完全相同。這樣，就形成了不同歷史語境中的「意境」理論。其二，這條歷史軌跡是由一個個「意境」研究者組成的。處於某一歷史時期的「意境」研究者，具有不同的學術視野，這樣又形成了多維視野中的「意境」理論。

　　實際上，這不同歷史語境中的「意境」理論和多維視野中的「意境」理論，歸根到底都是體現在特定的「意境」研究者身上。因此，處於不同歷史時期的「意境」研究者，就是一個複雜的存在。首先，他是傳統「意境」理論的繼承者。因為，從某種意義上說，人特別是文化人，是文化的活載體。愈是傑出的文化人，其負載的文化信息就愈豐富。其次，他又是其所處時代的「意境」理論的創造者。再次，他還是後代「意境」理論的開啟者。過去、現在和未來在他身上得到了完美的統一。這樣的傑出文化人，正如恩格斯所說，是「作為無數億過去、現在和未來的人的個人思維而存在」。[75]所以，從這些傑出的文化人入手，來研究歷史語境中的「意境」理論，就是一個很好的突破口。

　　在先秦文化中，《左傳》、《國語》、《老子》、《樂記》、《荀子》和《韓非子》等，都使用過「象」這個術語。特別是《周易》用得更多。《繫辭上》云：「見乃謂之象。」又云：「像其物宜，是故謂之象。」可見這「象」並不是實物，實物只是「器」。這「象」是對「物」的模仿，是一種既可「見」又不可捉摸的東西，即「意象」。對此，韓非在《解

75　恩格斯：《反杜林論》，《馬克思恩格斯全集》第20卷，第94頁。

老》篇中說得更為明確,「意想者,皆謂之象也」。這「象」是「無物之象」,也是「意中之象」了。儘管當時「意」與「象」還未合鑄成一個詞,但「立象盡意」的思想表明,它已經在胎育之中了。同時,《周易》還談到了「取象」、「立象」和「觀象」的問題,對於「意象」的催生起了至為重要的作用。到魏晉南北朝時,談論「意」與「象」的人更多了。同時,受玄學和佛教的影響,一是新出現了「象外」的觀念,二是將「境」作為一個新術語引入到文藝理論領域。如漢末蔡邕的《九勢》、嵇康的《聲無哀樂論》和王僧虔的《論書》等,談論書法和音樂時都使用了「境」這個術語。他們之中最傑出的代表人物則是劉勰。他在繼承前人的基礎上,自鑄偉辭,首次提出了「意象」術語。同時,他又將「意象」和「境」等術語,引入到以詩、文為主的文學領域,並進一步豐富了其美學內涵。即論述了「意象」的內涵、創構和形態等問題,為「意境」理論的成熟奠定了良好的基礎。因此,劉勰就成了一個繼往開來的重要人物。

但是,在劉勰的時代,儘管藝術評論中出現了「妙境」、「甘境」、「能境」和「絕境」等,但還未能看到「意境」一詞。劉勰只是談論了一些「類意境」問題,也未能完成此任。當然,這不能說他無能,而是時代沒有給他提供完成此任的條件。可見「意境」的出現還得待以時日。到唐代,詩歌創作經過長期的積累,特別是經過魏晉南北朝詩人們的自覺探索,出現了一個極度繁榮的黃金時期。加之開元、天寶年間,進士科考試「專用詩賦」。這樣一來,探討詩歌聲律、對偶和意象等方法技巧的理論書籍便多了起來,遂形成一種風氣。今天我們從《文鏡秘府論》中還能窺見一斑。其中,談論到「興象」、「意象」、「情景」、「物境」、「情境」和「境象」等問題。正是在這樣的歷史語境中,王昌齡提出了「意境」範疇,完成了「意境」美學的一次飛躍性的革

命。其後，皎然和司空圖等人，在各自的學術視野中，為「意境」説
的確立做出了各自的理論貢獻。

宋代在「意境」研究方面，主要是繼承唐人的思想，但也有所發
展。諸如邵雍從觀物角度談論詩境的創造，梅堯臣由「象外」談到「言
外」，姜夔則對「情景」説別有一番會心，等等。還值得指出來的是，
這時「意境」的使用範圍已開始向文論、畫論、書論和樂論等文藝領
域擴展。其中，比較有特點的，則是普聞。儘管，在當時以至後世，
他都是一個名不見經傳的「小人物」。但是，他從「意句」與「境句」
的角度來談論「意境」，卻是一種特殊貢獻，值得我們重視。

黃霖先生説：「到明清兩代，『境界』、『意境』已成為文學藝術界
普遍使用的術語。」[76]這個説法是符合史實的。不過，我要補充説明的
是，除「境界」和「意境」被普遍使用之外，恐怕使用最多的還是「情
景」術語。諸如謝榛論情景之合，王夫之談情景交融，就是其中的突
出代表。尤其是王夫之，在詩學理論和批評中，使用「情景」達一百
多次。至於陸時雍的情境創造論，也與「情景」密切相關。由此可見，
明清兩代的「意境」美學有一個鮮明的特點，那就是高揚「情感」的
旗幟。這是一個「意境」觀念普及和深化的時代。

近代是「意境」研究的轉型期，即由古典向現代、由中國向西方
轉型。如梁啟超就是一個傑出的代表人物。針對由古典向現代的轉
型，他提出「新意境」；針對由中國向西方轉型，他又提出了「歐洲意
境」。不過這種理論還顯得生硬、幼稚和不成熟，甚至有泛化傾向。到
王國維的「境界」説出來，才從根本上完成了這一「轉型」的任務。
他以傳統的「意境」説為根基，又合理地吸收了叔本華等人的美學思

76　黃霖：《近代文學批評史》，上海古籍出版社1993年版，第836頁。

想，而且做到了天衣無縫，不留痕跡。

　　以上我們從縱向的角度，分別考察和論述了劉勰、王昌齡、皎然、司空圖、普聞、謝榛、陸時雍、王夫之、梁啟超和王國維等人的「意境」理論。黑格爾在《哲學史講演錄》中說：「哲學史的外表形象是由個別人物構成的。」同樣，「意境」美學史的外表形象，也是由劉勰至王國維等人的「意境」理論所構成的。在「意境」美學的發展史上，他們每個人都做出了各自獨特的貢獻。劉勰為「意境」美學奠基，王昌齡拉開了「意境」美學的序幕，皎然等人成功地扮演了各自的角色，而王國維則集其大成，掀其高潮，開其新局。這是一幕精彩的「意境」美學歷史劇。在這些美學家的大腦「一個跟一個」[77]地對「意境」美學進行認識的歷史過程中，有繼承，也有發展。這又是一場精彩的「意境」美學接力賽。每個人都處在各自重要的歷史位置上，都有各自獨特的歷史意識和學術視野，都對「意境」範疇有各自不同的看法，也都進行了各自獨特的研究，提出了各自不同的觀點和理論。所以，在「意境」美學的發展過程中，離開了他們誰都不行。正是這些不同視野裡的「意境」理論，才構成了多姿多彩的「意境」美學發展史。

77　恩格斯：《札記和片斷》，《馬克思恩格斯全集》第20卷，第577頁。

昌明文庫·悅讀美學 A0606009

意境探微 上冊

作　者	古　風	
責任編輯	楊家瑜	

發 行 人	林慶彰
總 經 理	梁錦興
總 編 輯	張晏瑞
編 輯 所	萬卷樓圖書股份有限公司
排　版	菩薩蠻數位文化有限公司
印　刷	博創印藝文化有限公司
封面設計	菩薩蠻數位文化有限公司

出　版　昌明文化有限公司
桃園市龜山區中原街 32 號
電話 (02)23216565
發　行　萬卷樓圖書股份有限公司
臺北市羅斯福路二段 41 號 6 樓之 3
電話 (02)23216565
傳真 (02)23218698
電郵 SERVICE@WANJUAN.COM.TW
大陸經銷
廈門外圖臺灣書店有限公司
　電郵 JKB188@188.COM

ISBN 978-986-496-316-4
2021 年 3 月初版二刷
2018 年 1 月初版

定價：新臺幣 300 元

國家圖書館出版品預行編目資料

意境探微 / 古風作.-- 初版.-- 桃園市：昌
明文化出版；臺北市：萬卷樓發行, 2018.01
　面；　公分.--(昌明文庫. 悅讀美學)
ISBN 978-986-496-316-4 (上冊:平裝)
1.文學理論 2.文藝評論 3.中國美學史
820.1　　　　　　　　　　　107002256